读客文化

猫魂

［日］河合隼雄 著　　杜蓝 译

猫だましい

河合隼雄

文汇出版社

图书在版编目（CIP）数据

猫魂 /（日）河合隼雄著；杜蓝译. -- 上海：文
汇出版社，2017.12
ISBN 978-7-5496-2336-5

I. ①猫··· II. ①河··· ②杜··· III. ①随笔—作品集
—日本—现代 IV. ① I313.65

中国版本图书馆 CIP 数据核字（2017）第 236540 号

NEKO DAMASHII by Hayao Kawai
Copyright © 2000 Kayoko Kawai
All rights reserved.
Original Japanese edition published by SHINCHOSHA Publishing Co., Ltd.

This Simplified Chinese language edition is published by arrangement with
SHINCHOSHA Publishing Co., Ltd., Tokyo in care of Tuttle-Mori Agency, Inc., Tokyo
through Beijing GW Culture Communications Co., Ltd., Beijing.

中文版权 ©2017 读客文化股份有限公司
经授权，读客文化股份有限公司拥有本书的中文（简体）版权
图字：09-2017-847 号

猫魂

作　　者 / [日]河合隼雄
译　　者 / 杜　蓝

责任编辑 / 张　涛
特邀编辑 / 叶启秀　黄靖文
封面装帧 / 刘　倩

出版发行 / 文匯出版社
　　　　　 上海市威海路 755 号
　　　　　 （邮政编码 200041）
经　　销 / 全国新华书店
印刷装订 / 三河市吉祥印务有限公司
版　　次 / 2017 年 12 月第 1 版
印　　次 / 2019 年 1 月第 2 次印刷
开　　本 / 890mm × 1270mm 1/32
字　　数 / 126 千字
印　　张 / 6.75

ISBN 978-7-5496-2336-5
定　　价 / 36.00 元

侵权必究
装订质量问题，请致电010-87681002（免费更换，邮寄到付）

目录

一　为何拿猫说事

谈猫的时候我们谈些什么

读者们一定会觉得《猫魂》这个书名很奇怪。有的人或许会问："为什么要谈猫呢？"或是问："魂是什么意思？"如同大家所理解的那样，"魂"一语双关，同时取了日语同音异义字"骗"的含义。魂魄原本就是虚虚实实不知真假的东西，而本书竟然认定魂魄是实际存在的，并以此为前提进行写作，从这个意义上来说，绝对属于在"忽悠"人。前不久，我就刚收到一位对"骗子""假话"之流极度感冒的读者写来的信，他听说我出了一本名为《谎言俱乐部通讯》[1]的书，读后专程写信批评道："本以为你是个老实人，所以才追随你到今天，没想到你写出了这等不靠谱的内容，太不像话了。"无独有偶，我执

---

1 日文名《ウソツキクラブ短信》，日本讲谈社1999年7月出版。——译注（若无特别声明，书中注释均为译者注，下文不再说明。）

迷不悟地又写了一本，估计又要惹他生气了，认为我又出来骗人。但我也没办法呀，不说"假话"又怎么能说清楚"灵魂"呢？或者说，不说"假话"而讨论"灵魂"是非常危险的。所以我要事先告知大家，认死理的读者千万别打开本书。但事实上，我心里是相当希望这部分读者好好读一读这本书的。

那么为何要选择猫为本书的主角呢？接下来解释这个问题。一般世间有爱猫和爱狗两种人士。尽管有人猫狗都喜欢，但毕竟一般来说多数人只会喜欢两者中的一种，一旦讨论起哪种动物更聪明伶俐那可就没完没了了。爱狗的谈起自家的狗，爱猫的说起自家的猫，都变得满面柔情，每每还要得出一个结论，那就是动物比人聪明，动物比人还更懂得体贴人。

这样一来，猫狗的主人其实已在不知不觉中开始叙述自己深爱的宠物的"故事"了。他们所表达的当然不是什么科学事实，而仅仅是他们主观认定的"真相"罢了。因此，一旦听者也加入到对方的"故事"世界里，就会情不自禁地感叹或是佩服这只猫咪的过人之处，反之，就会觉得这些话简直荒唐透顶。

那么到底宠物俘获人心的秘诀是什么呢？我认为或许就是因为人类拥有灵魂这种神秘的东西的缘故。灵魂深藏在每个人心灵深处，捉摸不定，以某种形态显现。或者说，灵魂通过宠物这种外在媒介来体现自己的功用。比起狗来，猫更能给人一种灵魂的神秘感和捉摸不定

4

的印象。

有的人因为童年时代被狗咬过，所以怕狗。然而，对猫有心理阴影的人就不一定有过类似被猫攻击的个人经历了，他们只是单纯地对猫怀有恐惧心理，或是担心猫会"变成妖魔鬼怪冒出来"。猫变妖怪的故事后文将会进行介绍。可以说，在世界的任何一个角落都可以找到这类脍炙人口的故事。但狗变妖怪的故事并不多见。狗常被当作"忠诚"的代表，可没人这样表扬猫，猫给人的印象往往是捉摸不定、难以信赖。显然，在与人类的相处过程中，猫所表现出来的态度要比狗更加独立。灵魂这东西，你相信它在你的身体里，那么它就存在。但是它绝不听从任何人的摆布，甚至会自说自话地跑来助人"一臂之力"，有时候反而帮了倒忙，害得主人搭上了性命。

猫眼睛是变幻多端的，仿佛两颗神秘的宝石。在有些传说里，猫的眼睛是"金色和银色"的，凯尔特人[1]相信，透过猫的眼睛可以了解人死后的世界。中世纪的欧洲和中国都曾相传，猫眼睛会随着太阳的运行而发生变化。我们只要凝视猫那双深邃的眼睛，一股不可思议的情绪就会涌上心头，甚至能感受到某种难以驾驭的幻化自如的力量。

在古埃及，猫被视为一种神圣的存在，后文将会对此展开叙述。即便是今天，当你来到展出埃及相关主题展品的艺术馆，就能找到埃及人们所"膜拜"的猫的塑像。猫是古埃及的神灵。

---

1 欧洲古民族，公元前2000年前后生活在中欧地区。

相反，在中世纪的欧洲，猫不是被视作女巫的爪牙，就是直接被当作巫女看待。猫无论在人们心中是善的使者还是恶的同党，总之都代表着一种超自然的力量。

到这里我们确信了一点，那就是古今中外都口耳相传着各种猫的故事。光是我个人喜爱的猫的传说故事就起码需要用两只手计数。从下一章开始，我就选取那些以猫为主人公，或是猫担任主要角色的故事，谈谈猫与人的灵魂的关联。

现代人和灵魂

如今我们身处科学技术空前发达的时代，为什么还要谈"灵魂"呢？对于这个问题，我已做过不止一次的解答，今天在书的开首再做一次简要的介绍。

我的职业是心理治疗师，接触过众多前来咨询的患者，深深感到在他们的烦恼中，有一些问题是存在共性的。用我自己的话来说就是"关系性的缺失"。请注意我故意不使用"关系"，而选用"关系性"这个词。因为，我想强调亲子关系、师生关系、医患关系等等包含"关系"的词中人们所能感受到的真正的关联。

打个比方来说，一个人去医院看病，接受检查，最终被"告知"诊断结果。这种场合，人一不留神就被当成了"人体"来看待，丧失了人与人沟通的正常关系。这种情况让患者感到无比痛苦和无助。

从事医疗工作的人或许要说，类似情况恐怕是难以避免的。因为现代医学本来就是建立在明确区分心灵与身体、自我与他人的基础上的。医学将人的身体视为"客体"（简单来说就是物体）进行研究并且获得相关信息，结合相应技术手段对症下药。简而言之，医学就是通过断绝人之间的关联而形成的学科与科学技术。

请读者来看一道略有几分艰深的数学问题。将1米长的尺子一分为二。此时，一段的刻度显示为50厘米到1米，那么另一段的刻度应该是零到多少厘米呢？奇妙的事情发生了，另一段的刻度难以标记。如果也标为50厘米，合起来就出现两个同为50厘米的刻度，不太科学；如果标为49.9厘米，就缺少了0.1厘米。这个问题在数学上被称作"连续统假设[1]"，说明整体并非由粒子集合而成，整体自始至终都作为"连续统"存在，是不能被明确划分开的。

当我们将一根线一分为二，并对切分的两端进行命名，那么必然导致一部分线条的损失。现在把人的存在当作连续统，试着运用假设来分析看看。人一旦被区分为"心灵"和"身体"两部分，就立刻丧失了整体性，而且再也不可能复原成分割之前的完整状态了。我们不

---

1 该假设认为，无穷集合中，除了整数集的基数，实数集的基数是最小的。

妨将身心分离后损耗的那部分称作"灵魂"。这就是连续统的实质。

人们不可能从连续统中单独提取灵魂。灵魂就是这么一种神秘莫测的东西，在思索人的整体性问题上灵魂不可或缺，却又看不见摸不着。

因此，灵魂本身并不存在于人类身体的内部。但是，当我们反对将人割裂开看待时，坚信灵魂确实存在是非常有效的证明。承认存在灵魂，就间接地限制了一切将整体的人分成若干部分看待的行为。

有时候，人们不得不清除一些障碍来实现自己的目的。假设有人为此杀了人。当事人或许认为自己的做法合情合理，但梦到了受害人，甚至撞见了受害人的鬼魂。我们不妨将这种现象也理解为是因为存在灵魂。当然，这跟现代科学的解释肯定是截然不同的，这点敬请读者了解。

在现代社会，因为将事物分开来看待，人们的生活变得越来越方便。为此，人们不免为"关系性的丧失"感到烦恼。走到哪里都能听到对于人际关系疏远的无奈叹息。其实，这就是一种灵魂的丧失。

饱受灵魂丧失困扰的人便会向心理治疗师寻求援助。我们所能做的就是协助他们恢复与自己的灵魂的关联。听上去似乎煞有介事，其实我们力所能及的不过是陪着当事人一起倾听他们的灵魂向自我发出的倾诉，仔细观察灵魂营造出的影像，仅此而已。所以，治疗中非常重视使用通常被成年人忽视的梦境、沙盘或者图画等疗法。其中，猫也扮演着重要的角色，我将在后文中具体介绍。在此我想说的是，作为心理治疗师，有时我甚至想把猫称作"灵魂的体现"，由此不难认定猫在治疗过程中的重要性。

尽管我们难以捕捉到灵魂，却能通过人的感官察觉到它的存在。在众多灵魂的媒介中，猫是最容易与灵魂产生关联的生物。

埃及的神猫

在开始讲述猫的故事之前，我想先给大家讲述一个最早出现猫神崇拜的文化。在古代埃及，猫便被推崇为神灵，被人顶礼膜拜。

据记载，猫最初是在公元前2000年前后在埃及被驯化为家养宠物的。历史上主要有两个地区曾有饲养家猫的传统：在北非，野生猫类被埃及人驯化；在东南亚，中国人也驯养了猫。然而，只有埃及从第二王朝开始，将猫神贝斯特或者芭斯塔特奉为神灵加以崇拜。猫神是象征喜悦和太阳赐予的丰收的温暖的女神，神像被赋予猫头和人身的形象。在美术馆就可以找到贝斯特神像。有时候，连神像的身体部分也会采用猫的身体。而在旁膜拜的僧侣则被刻画得很矮小，越发衬托出猫神的伟大。

阅读古埃及神话时很容易把众神混淆起来，把一个当成另一个，以致搞不清他们之间的关系，最终读得一头雾水。那么请回忆起此前我们提到过的一点，灵魂反对将事物进行清楚明白的划分。所以说，兴许你中有我、我中有你才是与灵魂有着千丝万缕联系的众神的真正面目。以下所述是我对于希腊神话中的猫神的一点理解，如果有错误之处，希望读者予以指正。

崇拜贝斯特神的中心地区位于埃及的布巴斯提斯[1]城，这里的居民把猫视作神圣的动物，一些具有特殊意义的猫甚至被制作成木乃伊，并为它们举行盛大的葬礼。为猫的木乃伊举行的盛大祭奠在古代世界享有盛誉。在日本，宠物爱好者也会为自己的宠物建造墓地、举行葬礼，但要知道，布巴斯提斯举行的大典可是全国性活动。

在一些场合，猫形女神贝斯特和狮形女神塔芙努特会被当作同类，她们一起被视为太阳神拉的女儿，贝斯特（塔芙努特）代表太阳的左眼，是月亮的化身。前文曾提到，贝斯特一般来说被视为代表阳光的温暖的神灵，有时候也会被当成月亮的化身。这种亦此亦彼的复杂之处是埃及神话的一大特征，也与猫变化多端的形象颇有联系。

另外，猫与蛇也充满了矛盾的关系。它们的身体都非常柔韧，为捕捉猎物而使对方动弹不得的手段令人联想到魔咒。因为有这些相似之处，它们经常被当作一类动物。因此，埃及猫神塑像的头部经常会出现卷起身体的蛇的形象。但是另一方面，太阳神拉在与黑暗的

---

1 布巴斯提斯，埃及第22王朝首都，女神贝斯特的圣城。

化身蛇神阿波菲斯的战斗中变成了猫或者狮子，以便砍下阿波菲斯的脑袋。由此推测，贝斯特还肩负起了消灭蛇的责任。原来的女神贝斯特，在与太阳神拉产生密切关联的过程中，具备了男神的特征。

还有一个神跟贝斯特女神拥有一样的地位，她叫作塞克麦特。塞克麦特女神主司战斗和愤怒，拥有超乎寻常的破坏能力。她是拉神的女儿，负责毁坏一切与拉神作对的东西。她象征烈日烤焦一切的力量，象征破坏的力量。有时塞克麦特女神也会变成蛇的样子，成为太阳神拉额头上的装饰。说得简单一些，当要表现猫一般温和的个性时贝斯特会出现，而要表现凶猛的特征时塞克麦特就登场了。另外，塞克麦特还会以雌狮的形象出现，此时她与贝斯特就成为了同一个人物，也说明猫和狮子的亲近关系。贝斯特和塞克麦特是一对双胞胎，前者是"小猫"，后者被称作"大猫"，她们就是太阳神拉的两面。

上文讲过贝斯特勇斗蛇怪的故事，因此贝斯特也有抵御剧毒或是疗愈伤口的能力。结合前文所说的猫的性格中自相矛盾的部分，将贝斯特和塞克麦特放在一起观察，会发现后者不但可能给人带来痛苦和疾病，还具有治愈一切病痛的双重性格。

看过这些关于埃及神话中的猫神的介绍，读者一定会注意到，简短的介绍中也存在着许多相互矛盾的地方。但埃及神话就是这样错综复杂，猫神更是一个充满了矛盾的角色。我认为，正因为这种复杂性，猫才适合作为灵魂的载体，被广泛应用于心理临床治疗中。

猫的曼陀罗[1]

有的人觉得猫捉老鼠的场面非常残忍血腥，然而对猫来说，这不过是日常生活的一部分罢了，就像人必须维持一日三餐一样。我们当然不能否认猫有猫的特点，不过总体来说，人对于猫的各种各样的看法其实正好反映了人对于自己的认识。因此，自古以来人类塑造出的各类猫的形象，最终都是人类自身的写照吧。

所以请读者记住一点，本书今后将会列举许多猫做主角的故事和小说，通过这些可以了解到人类灵魂的各种作用，这就是我写作时的指导思想。文章开头就曾提到，猫在心理治疗过程中具有很重要的作用，荣格[2]学派的精神分析师们也在很多场合论证了这一问题。在此，我引用介绍一下荣格的得意门生芭芭拉·汉娜绘制的描绘猫的各种性格侧面的图表。日本的读者一定认识传说研究专家、荣格派学者玛丽·路易斯·冯·弗兰兹，芭芭拉·汉娜和她是好友。两人都在苏黎世的荣格研究院担任课程讲师，都是很受欢迎的老师。这幅图表是她在荣格开设的心理学俱乐部进行的题为"猫、狗、马"的系列讲座中

---

1 曼陀罗（梵语Mandala），是人类最古老的象征。荣格认为曼陀罗是心理完整性的原型与象征。

2 荣格（1875-1961），瑞士心理学家，创立了人格分析心理学理论。

使用的资料。

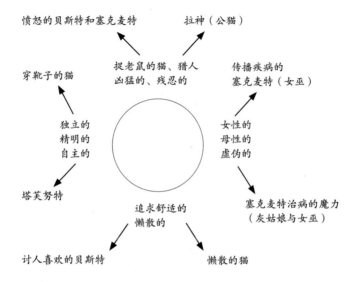

愤怒的贝斯特和塞克麦特　　　拉神（公猫）

穿靴子的猫

捉老鼠的猫、猎人　　传播疾病的
凶猛的、残忍的　　　塞克麦特（女巫）

独立的
精明的
自主的

女性的
母性的
虚伪的

塔芙努特

塞克麦特治病的魔力
（灰姑娘与女巫）

追求舒适的
懒散的

讨人喜欢的贝斯特　　　　　　　懒散的猫

　　从芭芭拉·汉娜的图中，可以很明确地理解猫个性中的多变性。
变成公猫时的太阳神拉、塞克麦特（愤怒的贝斯特）等代表捕捉老
鼠、凶猛的猫的一面。相反，讨人喜欢的贝斯特或者是日本传统的窝
在被炉上的懒猫形象则代表了猫性格中可爱温顺甚至懒散的一面。

　　图左侧表示猫独立、聪明甚至是精明的一面。养过猫的人一定深
有体会，猫可不会像狗那样对主人显示出绝对的忠诚，猫总是经常自
说自话地溜出家门去。猫觉得自己跟人是可以平起平坐的。

举例来说,《格林童话》中的《穿靴子的猫》的主人公猫就是一个典型。这个故事是讲述猫故事的代表作品之一,具体内容我先卖个关子,请读者期待下一章。故事里的猫相当聪明,而且能够独立自主地采取行动。

说猫很独立是夸赞它的积极主动,同时也说明它有个人主义倾向,也可以说是不负责任。有人赞赏狗的诚实可靠,同时讨厌猫的缺乏责任心。汉娜的曼陀罗图里的"塔芙努特"就是这么一个角色。在上一节里提到过,塔芙努特是母狮子,性格变化多端,她曾经化作拉神的"眼睛"逃亡到努比亚的沙漠[1]。或许因此汉娜才将塔芙努特列为了缺乏责任感的猫。曼陀罗图的右侧显示的是猫的雌性特征,比如捉摸不定,像女巫一样传播疾病,却又行医治病。据说,在灰姑娘故事的某些版本里,帮助灰姑娘的仙女也是以猫的形象出现的。在中世纪的欧洲,猫有时候担任女巫的助手角色,有时候干脆直接作为女巫现身。

本节通过曼陀罗图表,展示了芭芭拉·汉娜对于猫的各种侧面的描述。我们发现,人类心中的猫的性格真是丰富极了,既包括正面的性格,也有反面的性格。若将这所有的一切当作人灵魂的各种功能来看待,将会有意味深长的发现。

亲眼目睹了猫如此丰富的角色,不得不再次感叹作家夏目漱石的

---

1 努比亚,埃及尼罗河第一瀑布阿斯旺与苏丹第四瀑布库赖迈之间的地区。

小说[1]中，用第一人称视角叙述的那只著名的"猫"真是神来之笔。尽管这对于当时家中养猫的漱石来说，他只是将与猫相处的体验转化成了文字。然而，摆脱人"白描"猫的视角，站在猫的角度讲述人的世界，恰恰是作家的独到之处。猫的眼睛既是太阳也是月亮，想必把人世间的一切都一览无余了吧。

在第一章，我主要分析了选取猫作主题的动机，并且简要介绍了猫的特性。后面的章节里，我将从猫是主角的作品出发，通过猫来解析人的灵魂。

---

1 即指小说《我是猫》。

二 雄猫穆尔

E.T.A霍夫曼[1]与猫

以猫为主题的作品中，首当其冲应该提起的要数霍夫曼创作的（秋山六郎兵卫译）《雄猫穆尔的生活观——附出自废纸堆的乐队指挥约翰内斯·克赖斯勒的传记片段》（上、下册，收录于岩波文库）。作为《猫魂》系列的开篇之作，这个故事再合适不过了，但恐怕不少读者会表示"根本没有听说过雄猫穆尔的故事"。为此，我先结合个人经验来谈谈这部作品以及作者。

作者E.T.A霍夫曼（1776-1822）是德国浪漫派最具代表性、风格独特的作家。他的独特之处在于，他曾攻读法律并且从事法官的工作，此后由于拿破仑入侵而失去了工作，失业期间依靠自身的音乐天

1 E.T.A霍夫曼是霍夫曼（Ernst Theodor Amadeus Hoffmann）的笔名，他是德国后期浪漫派的重要作家，也是作曲家、画家等等。

赋在各地担任指挥和音乐教师。拿破仑战败后，霍夫曼回到柏林法院担任法官一职，同时利用夜间时间发挥自己在音乐和文学方面的天赋，享受着艺术和工作的双重生活。据说，因为霍夫曼身材相当矮小，有时会表现出怪异的举止行为，还写过题材诡异的小说，所以人们为他取了一个"幽灵霍夫曼"的绰号。

真实生活中的霍夫曼很喜欢猫，并且饲养了一只名叫"穆尔"的猫。据推测，他养猫的时间是1818年至1821年，1821年11月29日猫死后，他向友人们发送了猫的死亡通知。很遗憾的是，通知的原文没有保存下来。顺便一提，后文将说到的夏目漱石也曾为自己的宠物猫发布过死亡通知，内容留存至今。《雄猫穆尔》的下册末尾，编辑（霍夫曼）在跋里如此写道：穆尔"于11月29日到30日的夜间，经历了短暂而又痛苦的折磨之后，仿佛一位智者般平静而决然地离开了世界"。从小说内容可以判断，作者是在与猫咪穆尔共同生活期间，通过对猫的观察创作了这部作品。

霍夫曼过着法官和艺术家的两种生活，他在很多方面都兼具二元性。作为浪漫派作家，他在自由的魔幻世界里游弋，与此同时，他的作品对于外在现实世界的描写又具有高度准确性，显示出了与其他浪漫派作家不同的特质。他不光是个作家，还是乐团指挥，在音乐领域的才能也不可忽视，而且还是个法官，真是令人佩服得五体投地。加上他还是个爱猫族，我找不到理由不让他第一个登场。

另外，谈及霍夫曼还有一个我个人的原因。我初次接触他的作品是在大学时代，当时读了他的《金壶》，读后大叹其作品精彩有趣，至今记忆犹新。此后，我搜寻并阅览了很多霍夫曼的作品。其实，那个时代很多书并不容易找到。我在逛旧书店的时候，只要看到"霍夫曼"就不管三七二十一地买回家。《雄猫穆尔》也是那时候在旧书店找到的。在上册的版权页上印着"昭和十年[1]一月二十五日印刷 昭和十四年五月十五日 第六次印刷发行"，定价40钱[2]。我在昭和二十三年前后在旧书店买到这本书，此时的价格当然要高一些了。

E.T.A霍夫曼姓名中的A代表阿玛迪斯，因为他喜欢莫扎特，便特地将他的名字添加进了自己的名字里。令人惊喜的是，碰巧我也喜欢莫扎特。《雄猫穆尔》中也谈及了莫扎特的《魔笛》和《费加罗的婚礼》等作品。

在不断阅读霍夫曼的过程中，我注意到分身、影子等是他的作品在深层次上的共通之处。后来听说，作者自身也曾经有过"离魂"的经历。在《雄猫穆尔》中，也有角色身上出现过类似于离魂的错觉体验。对于从学生时代开始就为自己的分裂性格烦恼不已的我来说，霍夫曼的作品恰似一位知音。

我从父亲那儿遗传了现实主义的能力，自母亲那儿遗传了浪漫主

---

1 即1935年。

2 100钱相当于1日元，该货币单位于1953年废止。

义的性格，正当我为这种性格上的分裂感到苦恼之际，我得知霍夫曼也曾因为"来自父亲的热情、诗意的精神"和"来自母亲的理性的、发散性思维"之间的冲突而痛苦万分，这令我更加关注他了。

即便如此，当时在京都大学读数学专业的我一定不会料到，多年以后会有机会在这里谈论这些年轻时曾带给我万分感动的故事。

站在猫的视角看世界

《雄猫穆尔》反映了作家的二元性，故事结构复杂。这本书原本是由霍夫曼编辑出版的。内容是雄猫穆尔的"自传"，书中情节设定为霍夫曼受一位友人的嘱托负责了自传的编辑工作。令人惊奇的是，"雄猫穆尔在撰写自己的人生观的时候，竟然毫无顾忌地撕下了自己主人的书稿，大大咧咧地垫在自己的原稿下面作为吸水纸使用。这些稿纸夹在原稿中，不小心被作为稿件的一部分一起进行了印刷"。

因此，读书时会发现，不仅能读到雄猫穆尔的人生观，还能在其中断断续续地读到"废纸"上的《乐队指挥约翰内斯·克赖斯勒的传记》。而且由于是被穆尔随手撕下的，传记内容并不是连续的，缺失了很多情节。读者一定会觉得这本小说的情节太复杂，不过，作为"猫魂"系列收录的作品来说，可能是再合适不过的了。

日常生活中，"灵魂"会出其不意地闪现，人生的进程也会因此被打乱，这是很多人都有的经历吧。

言归正传，如前文所述，小说开头有"出版者"所作的序，接着是"作者的前言"。前言第一段写道："我的心七上八下，我要给世人写几页话，说说我在闲暇和灵感迸发的美妙时刻，内心深处涌现出的生活、苦恼和憧憬。"可以看出，年轻的作者在提笔时是怀着一种担忧之心的，他不确定自己写的东西能否被世人所接受。前言署名"穆尔（一位文学研究者）"。

然而谁都不会料想到，翻过一页竟然出现了这样的句子："我这个如假包换的天才，怀着天生的自信和沉着，给世人写一本传记。"文末写道，"假如有谁怀疑这本书的价值，那要请他想清楚，他面前的这只雄猫可是兼具才华、理性以及利爪的"，署名"穆尔（一位大名鼎鼎的文学家）"。

接下去是一段出版人的附记，称作者原本不该公开的序言被印了出来。可见，这是一本充满了二元性的书。

和人一样，穆尔会认字能读书，还会写书，是一只天才猫。这样一只猫"怀着天生的自信和沉着"，记录着自己的生活以及人类世界的事情。他的目光敏锐，用严厉的视线打量着人类。

一提到猫书写人类社会，大家都会想起夏目漱石的《我是猫》。小说主人公猫无名无姓，但和穆尔一样，批判起人类来毫不留情。两只猫都十分厌恶"俗人"。尽管一个是在德国，一个是在日本，所处的时代和文化都不尽相同，但两位作家都通过独立的思索找到了"站在猫的视角"观察人这一切入点。漱石生活的时代要比霍夫曼晚了一大截，不过他完全不知道雄猫穆尔的故事。

这里"猫的视角"被采用，第一章中猫曼陀罗里列举的独立、自主等重要个性，另外还包括猫的聪明才智都起了很大的作用。猫独立于人类社会的标准之外，用自己的双眼观察人类，时而嘲笑人类的愚蠢。

穆尔的主人是机械师亚伯拉罕，这位老人有点神秘莫测。另一方面，在《乐队指挥约翰内斯·克赖斯勒的传记》中，亚伯拉罕师傅和雄猫穆尔也会出现。当然穆尔在《克赖斯勒传》里扮演的是配角，并且他的故事是从亚伯拉罕师傅和乐团指挥克赖斯勒的角度进行叙述的。这部作品真是头绪繁多。在穆尔被人抛弃快要在水里淹死之际，亚伯拉罕师傅将他救了起来并开始饲养他。他对克赖斯勒这样解释道："猫不仅为很多人所讨厌，还很阴险。普通人对猫的评价较为负面，觉得它们本性里缺乏温顺和善意，也不抱一丁点儿坦诚的友谊，是一种永远不会放下对人类的戒心的动物。"他对猫"独立"的性格了如指掌。

也因此，猫对亚伯拉罕师傅是心存敬畏的，而亚伯拉罕也非常尊重猫的独立性。

猫的爱情

雄猫穆尔的自传内容涉猎颇为广泛，有的谈论他高远（并且略显世俗）的人生哲学和艺术评论，有的讲述鬈毛狗蓬托和他的叔叔斯卡拉穆兹之间耐人寻味的关系。在此，我们主要讨论他的恋爱生活。作为浪漫派作家，霍夫曼无疑将大量热情倾注在了对于恋爱情节的描写上。

穆尔的恋人咪丝咪丝在小说上册接近尾声的时候登场了。她的形象令人难以忘怀。

春天到了，穆尔"最近这些天来，有一种说不清的不安和一股莫名其妙的憧憬让人心烦意乱"。就在这时，"从天窗口轻轻钻进来一个身影——哎，她那惹人怜爱的样子真是难以名状！她浑身上下长着雪白的皮毛，一顶黑色的天鹅绒小帽遮住额头，纤纤细脚穿着黑色的袜子。明快的草绿色眸子里闪烁着甜美的光泽，优雅的尖耳朵微微晃动，显示出她的温柔和善解人意，尾巴的卷曲使她散发出一种超乎寻常的端庄和雌性独有的温情"。

穆尔看到她不禁"脉搏加速跳动，血液喷涌向每一条血管，心快要爆炸了，这种感觉让人着迷，化成苦闷的欣喜，从嘴里发出一声绵长的'喵'。"然而伊人不一会儿就没了踪影。

恋爱中的穆尔费尽心机，最终得以接近咪丝咪丝。他们两个一起歌唱，情投意合结为了夫妻。故事到这里仿佛是个大团圆的结局，但其实并未结束。婚后没多久，穆尔隐约感到自己和咪丝咪丝之间产生了距离，暗自奇怪。一天，黑猫穆齐乌斯告诉穆尔，咪丝咪丝和花猫偷偷相好了。穆尔趁咪丝咪丝和花猫幽会之际将他们抓了个正着，吃了身强力壮的花猫的一巴掌，咪丝咪丝还跟花猫私奔了。穆尔不得已只好离婚。

到头来，穆尔发觉"胸中充满憧憬与渴望，历经千辛万苦一但到手，原来的期待瞬间干枯变硬，化为了死亡般冷漠的漠不关心"。

后来穆尔受穆齐乌斯之邀加入了名叫"猫学生"的工会组织，享受起了雄性之间的纯真友谊。在此期间，在穆齐乌斯的帮助下，他与抢走咪丝咪丝的花猫进行了决斗并且险胜。

穆齐乌斯不幸因病离世。在他的葬礼上，穆尔偶遇穆齐乌斯的女儿米娜，米娜有着绝世的姿色，穆尔邀请她一起跳舞，激动得浑身颤抖，然后他提出了结婚。怎料她竟然是前妻咪丝咪丝的女儿！也就是说，他在与花猫的决胜中胜利之后，那只花猫夹着尾巴溜走了，穆齐乌斯却趁机和咪丝咪丝结婚，生下了女儿米娜。穆尔差一点就要和相当于是自己女儿的米娜结婚，相当于穆尔差点和近亲结婚。无奈之下，穆尔只得放弃向米娜求爱。穆尔写道："我将这场葬礼上的宴席看作结束个人学徒时代的转折点。"

再简单说说穆尔的下一段感情。这回更离谱，穆尔看上了狗的女儿。通过狗蓬托的介绍，穆尔结识了服侍王室女总管的"高贵的"名叫巴迪娜的狗，并且恋上了她的侄女米诺娜。这段恋情注定无果而终。穆尔想到了堂吉诃德对杜尔西内娅的爱，无论如何他的感情都将是没有收获的。

　　穆尔明知自己的爱愚蠢至极，却还去请求巴迪娜让自己见上米诺娜一面，到头来被泼了满满一桶冷得像冰的水，患上狂热病卧床整整三天三夜。接着，"终于醒来，我感到心境自由而舒爽。我总算痊愈了，多么幸运！我还从那场愚蠢至极的爱情里走了出来"。随后，穆尔觉得"自己作为成年人的成熟期到来了"。

　　应该如何理解穆尔对咪丝咪丝、米娜、米诺娜的爱呢？后文将提到的《乐队指挥约翰内斯·克赖斯勒的传记》中，有关于克赖斯勒的恋爱经历的叙述。然而，他只对一个叫作尤丽亚的女性怀着狂热且恒久的爱，他把爱奉献给了自己唯一的恋人。克赖斯勒和穆尔的爱情，存在哪些不同之处，又存在哪些相似之处呢？

出人意料的相似之处

比起穆尔，指挥约翰内斯·克赖斯勒身边的人物角色要复杂得多。加上穿插于穆尔的自传里的故事"片段"没有按照时间顺序排列，令读者比较难把握故事的整体情况。霍夫曼将幻想与现实结合，构建了复杂的人际关系，真相往往是在最后才被揭晓，所以故事情节十分繁复。与之相反，读者一眼就能看出穆尔那一部分主要是有关成长的故事。那么为什么作者要这样区别对待呢？

探讨这个问题之前，先简要地说说克赖斯勒的爱情生活。

德国小镇齐格哈兹被并入了大公国，在离小镇不远的地方有一个小公国，国君伊雷瑙斯在自己的国土被归入大公国之际，凭借巨额资产在这个小镇上设立了假想的"宫廷"。也就是说，他用钱买来了齐格哈兹国的"统治权"，并继续享受着宫廷般的生活。这件事本身就让人难以置信，而我们的主人公指挥约翰内斯·克赖斯勒便在这出宫廷剧中登场了。

伊雷瑙斯大公的"宫廷"里，有一位拥有巨大势力的人，她就是35岁的本聪咨议夫人。她早年丧夫，是个美人。尽管大家都不清楚她贵族身份的真假，但有一点可以肯定，她是唯一获得大公授权进入宫廷参与政事的女性。"这位夫人理智豁达、才思敏捷，特别是她性格里恰巧具有一种统领大局所不可或缺的无情，这帮助她暗中操控着这座迷你宫廷里的一切角色。"

本聪夫人的女儿叫尤丽亚，从小和公主海德维迦一起长大，所以本聪夫人在公主的教育过程中也起了很大作用。然而公主的哥哥太子伊格那兹，却是个智力发育迟缓的人，有人称他为永远长不大的人。

约翰内斯·克赖斯勒为宫廷做事，并且喜欢上了尤丽亚。很不凑巧的是，半道杀出一位情敌，来自外国的贵公子赫克托也看上了尤丽亚。通常来说，"公子"身份的赫克托当然更配成为公主海德维迦的丈夫。因为世俗的本聪夫人的主意，加上原本就来历不明的赫克托公子，故事情节变得越发复杂。

此处有一点是显而易见的，那就是无论是对于本聪夫人还是赫克托公子来说，约翰内斯·克赖斯勒都是眼中钉。前者压根儿不想让女儿尤丽亚嫁给一个乐队指挥，后者则是他的情敌。

鉴于故事情节复杂，难以在这里一一介绍，请有兴趣的读者去看原著。现在来关注一下对于我们的主题最重要的两对关系，穆尔和咪丝咪丝以及克赖斯勒和尤丽亚，这两对情人的关系存在令人难以置信的一致性。

首先，克赖斯勒对尤丽亚的爱矢志不渝，这点与穆尔最初对咪丝咪丝的感情相同，而且两对情人的恋情最初都开始于二重唱（本文未有介绍克赖斯勒的情况）。其次，作为强势出现、横刀夺爱的第三者，花猫和赫克托公子非常相似。上文没有介绍，原作中赫克托的副官预谋杀死克赖斯勒的打斗场面，与穆尔对花猫的决斗情节何其相似。

事实上，作者霍夫曼在以音乐家身份四处辗转期间，曾在一名已经身故的领事家里担任音乐家庭教师，并对其遗孀马克夫人的女儿尤丽亚·马克产生了爱慕之心。然而马克夫人就是现实中的本聪夫人，把女儿嫁给了一位有钱商人。这令霍夫曼深受打击，但是尤丽亚带来的经历也成为了他创作的源泉。在他的主要作品中，叫"尤丽亚"的角色——与这部作品一样——出现了很多次。

那么霍夫曼着力描写穆尔与克赖斯勒的共同点的用意是什么呢？我推测他是想告诉我们，我们身处的这个所谓的人类世界，其实与猫的世界有着隐秘的联系。人间的种种现象包含着复杂的层次，个中含义是丰富多样的。

克赖斯勒对于尤丽亚的爱或许可以称作纯爱。然而，背后还涌动着差不多是近亲私通的爱、改变命运的渴求等等。只是有些人读懂了这些深层含义，有些人则没有。

写在废纸上的传记

只有当穆尔和克赖斯勒的传记合二为一的时候，故事才算完整。文中将穆尔作为正式的叙述者，克赖斯勒只是废纸故事里的人。但实际上恐怕不完全是这样。作者仅仅把克赖斯勒的故事称作"传记"，根本没把穆尔当一回事儿。

关键点在于，我们没法对两者进行明确的划分，只把克赖斯勒的故事看作人之常情，或者只把穆尔的故事看作"灵魂"的故事。这也是霍夫曼小说令人叫绝的地方。霍夫曼似乎并不欣赏那种把幻想和现实区分得十分清楚的作品。他能够将一切都视为"现实"，正因如此，尽管他是浪漫派，却也能够对现实进行准确的描写，这一点颇受好评。

很遗憾没能更具体地介绍克赖斯勒的故事，但故事中有一个与世俗的本聪夫人形成对照的人物，那就是饲养穆尔的亚伯拉罕师傅。不过，这个人物也是个复杂角色，可以说相当圆滑。不光是他，穆尔本人也算得是市侩的性格了。

也可以说为了捕捉人类世界的"灵魂"表现，不得不选择变得世俗。读者阅读时，可能并不会认为猫表现出的是本能，人表现出的是理性。相比之下，穆尔显得更具理性，而克赖斯勒有时候却显得意气用事。因此，这部"传记"不能简单断言穆尔和克赖斯勒谁主谁次，合在一起细细品读才能体会作品的价值所在。

克赖斯勒对尤丽亚忠贞的情感令人感动。然而从传记的"片段"中可以推测，他最后发疯了。恐怕在现实中，当霍夫曼对尤丽亚的爱情以失恋告终时，他自身也濒临丧失理智的边缘。但霍夫曼渐渐发现了他眼中的尤丽亚和现实生活中的尤丽亚的差距，领悟了藏在"纯爱"背后的东西。

"灵魂"的作用神秘莫测。在浪漫派的眼里，对于"灵魂"的向往就是男女之爱，主角对异性奋不顾身的爱就是追寻灵魂的精髓。而霍夫曼通过尤丽亚一事，发现了新的天地。

我们不妨这样想，霍夫曼将自身"爱"的体验写成了"雄猫穆尔的生活观"。尽管对于咪丝咪丝的火热的爱很快就开花结果，但也随即失去了意义。这种情况在恋爱中非常常见，也存在将此错当成了真爱的人。

我们这些出生于昭和时代头十年[1]和比我们再年长一些的人在年轻时都相信，穆尔对咪丝咪丝的爱是爱的典范。然而现代的年轻人已经不再对这类虚假的爱情故事动容了。尽管他们比我们更智慧，但这种世故的智慧却也相应削弱了他们对于人生的感念。

---

1 指昭和一位数年代，即1926年末到1934年。

在爱上咪丝咪丝之后，穆尔又爱上了米娜，这段恋情值得玩味，因为爱情中混杂着亲情。可以说，穆尔对女儿辈的米娜的爱里，不知不觉地夹杂了父女之情。身处浪漫派阵营的霍夫曼能够在理想主义的"恋爱"中注意到其他的情感，这一点实在令人钦佩。说不定他把尤丽亚当成了"女儿"，在尤丽亚的婚姻中扮演了父亲的角色。

最后说一说穆尔对米诺娜的爱。穆尔知道这场恋爱将无疾而终，却仍然执意爱上了对方。女方的一桶冷水浇灭了他的热情。然后，"成熟"了的穆尔将去向何方？"对于艺术和学习的热情带着新的力量在我心中苏醒。我的老师的家庭生活比从前更加吸引我了。"穆尔长大成人，变得异常淡定。

但这样就行了吗？终究人只有成为成年人、变得淡然才算作人生吗？霍夫曼并不这么觉得。他在穆尔的故事里穿插了只为爱一个女人而活、经历各种复杂奇特的经验、最终进入疯狂境地的男人的故事，就是意在说明，两种经历结合的人生才算完整。

如此纷繁复杂、耐人寻味的人生，可能在一些人眼里却是单一的。这么看来，市面上那些传记和自传简直就跟一堆废纸一样。

三 穿靴子的猫

佩罗的童话故事

说到以猫为主人公的故事，法国作家夏尔·佩罗[1]的《穿靴子的猫》可以算得上既知名又富有趣味的一则。《格林童话》也收录了这个童话，但估计也是以佩罗的故事为原型的，本文暂不展开这个话题。

我猜想不少读者都了解《穿靴子的猫》的故事内容，下面简要说说情节。

从前，有个磨坊主，死的时候留给三个儿子一个磨坊、一头驴和一只猫。儿子们按年龄顺序继承遗产。小儿子叹息，自己只得到一只猫，只好拿猫肉塞塞牙缝，用猫皮做个暖手筒，到头来只有坐等饿死。猫听到了这些话，装作什么都不知道，说："请给我一个口袋。再

---

1 夏尔·佩罗（1628-1703），法国作家。1697年出版了《鹅妈妈的故事》，收录了包括《小红帽》《穿靴子的猫》《灰姑娘》等童话故事。

为我做一双靴子。"尽管小伙子有点摸不着头脑，他还是照做了。

猫来到森林里，用口袋逮住一只兔子，带去面见国王，说奉卡拉巴司侯爵之命来进献狩猎所获的猎物。国王高兴极了，让猫回去向主人道谢。猫又如法炮制，抓来一只鹌鹑，同样以卡拉巴司侯爵的名义献给了国王。这样一来二往，卡拉巴司侯爵这个人在国王脑海里留下了深刻的印象。

一天，国王带着美丽的公主去河边游玩。猫得知后便安排主人光着身子到河里等着。他藏起主人的衣服，趁国王经过河边，请求国王将落水的主人救起，还大叫主人的衣服被强盗抢了。听说卡拉巴司侯爵遭遇生命危险，国王连忙派出侍卫前去营救，还将自己华丽的衣服给他穿。顿时，披上漂亮衣服的磨坊主儿子显得俊朗起来，公主对他一见倾心。

国王和公主继续远游，猫先他们一步来到前方，威胁那里的百姓告诉国王自己劳作的农田"是卡拉巴司侯爵的领地"。国王发现卡拉巴司侯爵的领地怎么也走不到头，既惊讶又佩服。

事实上，这些土地都属于城堡里的食人魔。猫去见了城堡主人，对他说："听说您能随心所欲地变成任何一种动物。您能变成狮子或者大象吗？"食人魔真的变成了一只狮子，猫假装大惊失色，接着说："恐怕您不会变老鼠那样的小动物吧？"食人魔立刻化成一只小老鼠在地上跑起来。见状，猫一下子扑过去，将老鼠吞进了肚里。

国王看见食人魔的城堡，说想进去看看，于是登门造访。猫迎接国王进入城堡，告诉他这里也归卡拉巴司侯爵所有。国王由衷地赞叹侯爵的资产雄厚，终于表示希望将女儿嫁给他。于是，磨坊主的儿子欢欢喜喜地迎娶了公主，猫也成了猫大人，他已经不用再去捕捉老鼠了。即便有时捉捉老鼠，也不过是为了找找乐子罢了。

　　童话画上圆满的句号。故事引人入胜之处在于，贫穷的磨坊主儿子与公主结婚的美满结局，全凭那只猫自始至终的穿针引线，儿子只是听任摆布罢了。

　　成年人——或者说是被"常识"蒙蔽了心灵的人——会认为这种故事荒诞可笑、无聊透顶。但是，请将我写的故事梗概放一边，拿起佩罗或者《格林童话》中的故事情节读给小孩子听，他们一定会激动得两眼放光。国王和公主乘坐马车远游，无论走到哪里都听说"这是卡拉巴司侯爵的领地"，这样的单调反复在孩子眼里其实是趣味无穷的，他们还会跟着大人重复"卡拉巴司侯爵"。"穿靴子的猫"的形象也十分具有魅力。我至今难以忘怀儿时在《格林童话》里读到这个故事时感动的心情。

　　一有机会，我们兄弟几个就会模仿故事中的对白，"啊，这是卡拉巴司侯爵的东西"，然后笑作一团。这让我们联想到当时无数次听过的"万土皆为天皇殿下所有"这句话，它们在某一方面的共鸣令人回味无穷。卡拉巴司侯爵真是无所不能啊。

恶作剧精灵

卡拉巴司侯爵是万能的。而事实上，一切都因为猫的计谋才成为可能。这个故事与其说是依靠了猫的帮助，不如说是凭借了猫的智谋才得以有所进展。童话的主人公并非磨坊主的儿子，而是"穿靴子的猫"。

简而言之，主人公"穿靴子的猫"扮演了恶作剧精灵[1]的角色。如此足智多谋的英雄到底是怎样的人呢？近来，因为山口昌男[2]的研究，恶作剧精灵这一概念逐渐在日本广为人知，我在此简单进行介绍。

1962年至1965年在瑞士留学期间，我通过荣格研究院的课上第一次接触到"恶作剧精灵"这个词。当时我觉得耳目一新，感到这是个对于理解人类来说很重要的概念。恶作剧精灵在神话、故事、传说中出现，是极具两面性的角色，是个大骗子，无限接近于反派人物，却又凭借了不起的才能完成重要任务，摇身变成了旷世英雄。"穿靴子的猫"可以说是这类人物的典型。

在瑞士荣格研究院，只有那些提交合格论文的学员才会被授予荣

---

1 恶作剧精灵，神话、民间故事中打破神和自然界秩序，在故事中挑起恶作剧的人物。往往具有善与恶、智与愚、破坏与生产等两面性。

2 山口昌男（1931-2013），日本文化人类学者。

格心理分析师的资格。我的论文选题为日本神话，我试图使用恶作剧精灵这一概念分析日本武尊[1]的人物特征，论文根据上述思路展开论述。当时的评审委员之一的梅尔[2]博士认为这篇论文的内容对于我的日本同胞们意义重大，特地嘱咐我回国后即刻发表，我却认为"为时尚早"，须等候时机成熟，于是婉拒了。

其实，在当时的日本国内，强调日本神话的重要性恐怕会被当成右翼分子，或是被那群笃信"心理学"是"科学"并一心钻研的研究者驱逐出学界，所以我一直保持着沉默。然而，在拜读了1971年出版的山口昌男著作的《非洲的神话世界》（岩波新书出版）后，我激动万分。该书在介绍非洲的神话传说时，谈及了各色恶作剧精灵角色。山口教授指出，从智斗妖魔这一故事结构来看，日本武尊与建速须佐之男命[3]的角色基本都建立在"恶作剧精灵"式的英雄类型之上。读罢，我仿佛为自己在瑞士时关于日本神话的个人思考找到了知己，心里别提有多高兴了。

下面言归正传，继续谈"穿靴子的猫"。这个故事以父亲的死开场。传说故事经常会以父亲或是国王的"死"或"疾病"作为开端，暗示国王或父亲代表的旧有秩序由于某种原因不得不面临被改变的局

---

1 日本武尊，日本神话人物，传说其力大无穷。

2 梅尔（C.A. Meier），世界最具代表性的荣格学者之一，河合隼雄在荣格学院期间的导师。

3 建速须佐之男命，日本神话人物，性格变化无常，时而凶暴时而英勇。

面。旧秩序消失了，新秩序取而代之。为此，需要决定新的继承者，所以往往会有三个儿子出现在故事中。多数情况下，小儿子会取得胜利，同时会出现解决问题而产生的困难、反复试错和弱者胜出的悖论等。在《穿靴子的猫》中，第三个儿子得到了幸福，大儿子和二儿子很少被提及。它讲述了一个道理，那就是原本最不值钱的遗产——一只猫——最终却是最有价值的。

故事的转折点出现在猫提出希望为自己缝制一双靴子的段落。日本有一句谚语叫"给猫金币"[1]，穿鞋子对于猫来说是一件"毫无意义"的事情，岂止毫无意义，连后足的锐利爪子都派不上用场了，实在大为不便。但是，传说就是这样，总是告诉我们这样一个道理，塞翁失马，焉知非福。

猫的角色充分发挥了恶作剧精灵的特性，屡屡逆转故事的发展。他凭空捏造出"卡拉巴司侯爵"这个人物，把国王耍得团团转。"卡拉巴司侯爵"最终成为真实存在的人，简直就是"真实的谎言"。假话说一百遍就成了真话。当然，要实现"真实的谎言"不仅需要锲而不舍的毅力，还不得不凭借一些手段才行。

这只猫就很善于运用手段。让磨坊主的儿子脱掉衣服假装快被淹死的样子，还让国王给他穿上华丽的衣装。正所谓人靠衣装，身着新装的磨坊主儿子与公主顺理成章地相遇了。一个人无论内涵有多丰

---

1 意为将有价值的东西交给不懂其价值的人。

富，仍需要在外观上符合社会标准，人总是容易被外观所迷惑的。

　　猫还设圈套消灭了食人魔。国王的领地外是食人魔统治的国度，猫活跃在两国边境线上，最终将两个国家合二为一。这便是恶作剧精灵的拿手绝活，出现在边境，破坏原有的界线，创造新的事物。然而一旦在此失手，他们将沦为不折不扣的反面角色。当食人魔变成狮子时，猫惊慌地在屋顶上上蹿下跳，这其实是非常冒险的举动，因为脚踏靴子在屋瓦上是很难行走的。为猫带来成功的靴子同时也险些让猫丢了性命。恶作剧精灵常常如履薄冰地行走在善恶之间。

穿鞋的猫和赤脚的猫

　　寺山修司[1]的诗集《猫的航海日志》（新书馆出版）中的一节提到，猫不穿鞋的时候就是孩子的敌人。确实像他说的那样，"穿靴子的猫"是孩子们心目中的英雄，但光着脚的猫有时会成为孩子的敌人。前文曾提到"穿靴子的猫"因为穿着鞋差点从屋顶上掉下来，先不论这件事是福是祸，"靴子"到底意味着什么呢？

　　《穿靴子的猫》中的猫可以称得上是救主人于危难的大英雄，然而多数传说故事里的猫并非是这样的。日本传说里猫的形象跟在《穿

1　寺山修司（1935-1983），日本诗人、评论家、电影导演。

靴子的猫》中的大相径庭，具体会在后文介绍。连《格林童话》里其他故事中的猫也和"穿靴子的猫"颇为不同。下面来看看《格林童话》中是如何描述"猫和老鼠做朋友"的。

猫和老鼠相识后，为了和老鼠增进友谊，反复劝说下，他们开始一起生活。为了准备过冬，猫提议将装满奶油的罐子藏在教堂祭台的下面，以防被偷走。然而，猫想吃奶油想疯了，于是随便撒了个谎，骗老鼠说亲戚家请他去当堂弟的教父，然后来到教堂把奶油上的一层奶皮舔进了肚里。傍晚，猫心满意足地回到家，老鼠问他给婴儿取了什么教名。猫回答说"去了皮"，老鼠暗自对这个奇怪的名字感到吃惊。

没过多久，猫又想吃奶油想得不得了，于是又瞒着老鼠，到教堂吃掉了半罐奶油。得知这次的婴儿名叫"去了一半"，老鼠越发觉得奇怪。最后，整罐奶油都进了猫的肚子，于是第三个婴儿叫"一扫光"。老鼠仍然觉得名字奇怪，还是被蒙在鼓里，就这样迎来了严冬。

他们来到教堂，发现罐子已经空了。这时老鼠总算回过神来，原来猫说去给孩子取名全是骗自己的，去教堂独占奶油才是猫真正的意图。"起初是皮，然后吃了一半，最后……"没等老鼠话音落下，猫就咆哮着警告老鼠闭嘴："你再说一个字，小心我连你也吞了！"可怜的老鼠，"一扫光"三个字已经脱口而出。说时迟那时快，猫扑向老鼠，逮住他，一口吞进了肚里。所以，亲爱的读者们，世界就是如此残酷无情啊。

这真是个令人毛骨悚然的故事。狡猾的猫给婴儿取"去了皮""去了一半"这样荒唐的名字，老鼠理应有所察觉，他却浑然不知。到猫"一扫光"的时候老鼠仍然没有采取行动，读到这里不禁担心起老鼠的命运。此后冬天来临，东窗事发，老鼠揭露了猫的恶行，却葬身猫腹，故事到此结束。这样的结局恐怕要让那些期待"正义战胜邪恶"的读者大失所望。想必作者也感到意犹未尽，最后还唠叨了一句，提醒亲爱的读者"世界就是如此残酷无情"。

这个故事里的猫也是恶作剧精灵，却是个反派角色，与"穿靴子的猫"的英勇表现天差地别。而且，两个故事的高潮部分都是猫暴露出吃老鼠的本性的情节，因此越发凸显两个角色之间的差异。

猫是否穿鞋，竟能对故事情节产生如此大的影响。我们不得不佩服同意给猫穿靴子的磨坊主家的小儿子，因为在此之前，还没有人异想天开地要给猫穿上鞋。凭借这一创举，小儿子获得了继承王位的资格。

我们人类也应该遵从心中那只猫的引导。但是，不给猫穿鞋，任它光着脚四处闲逛，将会造成巨大的麻烦。听从光脚猫的指引，最初或许能够一帆风顺，但后来往往会出现纰漏。生存在文明社会中本身就是一件不自由的事情。

猫的指引

磨坊主的儿子听从猫的话，最终得到了美丽的公主。但此时的猫之所以能够获得成功，最主要的原因在于他是"穿靴子的猫"。逆向思考一下，假如一只不穿鞋的普通的猫为一对男女牵了红线，结果又会如何呢？很遗憾，我未能找到这类外国传说故事，倒是日本有一个再对路不过的故事。聪明的读者一定已经猜得八九不离十了，那就是《源氏物语》[1]的若菜上、下卷中出现的猫。在这个故事中，经过猫的穿针引线，柏木和女三宫走到了一起。

我想很多人都比较熟悉故事情节，所以就简要介绍一下。话说此时的光源氏已年届不惑，在当时来说算是渐入暮年之人了，却出人意料地迫于太上皇朱雀院的旨意，迎娶了第三皇女女三宫为正室夫人。朱雀院考虑到源氏[2]在朝中的势力无人能敌，将女儿托付给他是再好不过的了，可对于和紫上过着美满幸福生活的源氏来说，这可就是一个哭笑不得的大麻烦了。在女三宫问题上，还有一个可以说是源氏的竞争对手的头中将（当时官位高居太政大臣）的儿子柏木。柏木一心追

---

1 已知世界最早的长篇小说，描写了日本平安京时期的宫廷生活和社会风貌。

2 即光源氏。

求女三宫，最终她却下嫁给了源氏。

柏木因婚事破灭而大失所望。大约一年后，他在源氏的寓所内与源氏的儿子夕雾等人蹴鞠嬉戏时，在一只突然出现的猫的引领下目睹了女三宫的芳容。在平安时代，异性当然是不能直接观看他人妻子的样貌的。当时，这群年轻男性在蹴鞠时，一只小猫被一只大猫追赶得到处跑，系在猫身上的绳子不慎勾连并带起竹帘，竹帘后女三宫天仙一般的容颜便尽显在柏木眼前了，他不禁呆立在原地。百感交集之际他俯身抱起猫，猫身上散发出阵阵异香。

从那以后，柏木对公主的爱慕之心日复一日地累积，他想办法得到了那只猫，万般宠爱，终日把猫抱在怀里长吁短叹。之后他并没有放弃，不断试图接近女三宫，终于趁源氏照顾病中紫上无暇顾及的时候，悄悄潜入女三宫的住处强行跟她发生了关系。其间，柏木在打盹时做过一个短暂的梦，梦见那只猫一边叫唤一边走近，他想起自己把猫带来是要送给女三宫，却又在寻思为什么要送给她的时候醒了。他不知道自己为什么会做这样的梦。

在猫的指引下，柏木和女三宫走到了一起。然而，这跟卡拉巴司侯爵与公主的故事是完全不同的。事后源氏发现了柏木与自己的妻子私通的事实，对柏木进行了猛烈的冷嘲热讽，大受刺激的柏木病倒了。他悲叹命运的不公，终于年纪轻轻就病死了。而女三宫则怀上了柏木的孩子，并在生下孩子后早早地削发出家了。故事的悲剧性结局令人唏嘘不已。

"穿靴子的猫"怀有坚韧的意志和聪明的才智，他帮助磨坊主的儿子，为主人架设起通向幸福婚姻殿堂的桥梁。但是，《源氏物语》中的情节并非出自猫的有意设计，它的举动是任何普通的猫都会有的，但这些举动足以将柏木的恋情逼向绝路。柏木宠爱猫是因为把猫当作了女三宫的替身。在与女三宫度过一夜之后，柏木半梦半醒之间见到了猫的身影。梦中，他想把猫送给情人，醒来时却记不清为什么要以猫作为定情信物。我们不妨认为，他是想把自己在见到女三宫前所感受到的与猫之间的感情、抚摸猫的触感都奉献给她。猫的无心插柳，成全了柏木的相思之情。

这段恋情以悲剧告终。我已提过，对于人类而言，与心中的猫相处既关键也很困难。假如过于坦率地听从猫的指引，就会给自己的社会生活带来不良影响。《源氏物语》和《穿靴子的猫》这两个时代背景和文化背景都相当不同的故事同样提醒我们关注一点，那就是人应该如何与猫这个灵魂的载体相处。

如果我们让猫戴手套而不是穿鞋，情况又会如何？或许这会禁锢住猫使用爪子，爪子逐渐长长，某一天突然抓破手套伸出来伤害到人，甚至夺人性命。又或许闷在手套里的爪子犯起过敏性皮炎来。不满足于给猫穿鞋，甚至给猫戴上了手套的现代人正越来越多地受到由自己的行为带来的惩罚。

48

猫的变身

前文已不止一次提到，"穿靴子的猫"因为脚上穿着鞋而显得文明有教养，不仅独立自主而且精明能干，同时又在故事最后扑向老鼠的一幕中显示出他仍未丧失的野性。他帮助原本穷苦的年轻主人得到了与公主结婚的机会，所以当初在格林兄弟公开这个故事的时候，这一角色受到了浪漫派[1]乃至一般人的一致欢迎。就连之前提到的霍夫曼作品中的雄猫穆尔都号称自己是"穿靴子的猫"的后人。在第一章里引用的猫的曼陀罗里，"穿靴子的猫"作为独立自主的猫类形象的代表，也在图中占有一席之地。

话虽如此，但"穿靴子的猫"一旦被公认为浪漫主义的英雄典型，就同该派别以主观多变为信条的指导思想发生了矛盾。自不用说柏木的猫，人们常识中的猫更变化多端。举例来说，同为浪漫派作家的路德维希·蒂克[2]（1773-1853）创作的喜剧《穿靴子的猫》（大田末吉译，岩波文库出版）便彻底将故事相对化，不仅对自己这部戏剧作品进行自嘲，还一一讽刺了当时的众多作品和思想，借以显示浪漫

---

1 文学艺术思潮之一。侧重从主观内心世界出发，抒发对理想世界的追求，常用想象和夸张的手法来塑造形象。
2 德国早期浪漫派作家。

主义的本质。

"穿靴子的猫"绝不能成为模式化的英雄。如前所述，被奉为英雄登上神坛，戴上手套，穿上成套的服装，猫就不再是猫了。正因为这样，作者必须不断站在局外人的角度审视故事情节，让人完全预料不到故事的走向，才能体现浪漫主义的本质。通过讽刺解构即将落幕的虚构故事，不断客观地审视故事，作品才有可能成为"无限的东西""普世的东西"。这也是蒂克创作这部浪漫主义反讽作品的主要动机。

作为站在第三者的角度进行审视的第一步，作家将戏剧设计成了剧中剧的形式。大幕开启后，观众会发现舞台上排列着与剧场内一模一样的观众席和舞台，最初，座席上的虚构的观众们一边闲聊一边等待《穿靴子的猫》开演。有的观众像当时的启蒙主义者一样，认为故事"如同女巫和幽灵，完全是空穴来风"，剧本的作者甚至在剧目开始之前被拉上台，现场乱成一片。

剧目一开演，猫张口说起了人话，场内一片哗然。虚构的观众里的一些"艺术评论家"大叫："公猫会说话？这究竟算哪门子事！"台上的猫不慌不忙地向磨坊主的儿子解释起自己懂人类语言的原因。台上的观众随意插嘴、畅所欲言，促使真实的观众站在第三者的角度审视故事，后者甚至反而还成为了剧中人物嘲笑的对象，故事情节向着不可知的方向发展，有趣极了。

然后，国王和公主登场了，求婚者们纷至沓来。远道而来的异国王子一说话，国王吃了一惊，问道："你住在遥远的国度，为什么能够如此流利地使用我们国家的语言呢？"王子回答："请保持安静。"国王将信将疑地继续询问，王子继续用"请保持安静"搪塞国王，最后实在抵挡不住了，王子只好说："拜托您不要这么为难我了，否则下面的看官们都要起疑心了。"

或者有的时候，故事急转直下，渲染起感伤的情绪，引得台下一些比较肤浅的观众啧啧称赞。甚至突然演奏起当时颇具人气的莫扎特作品《魔笛》的山寨版。

蒂克不断尝试解构、扭曲故事，试图将最根本且难以付诸表现的部分展现给观众。仔细想一下会发现，这不就是最接近于我们老挂在嘴边的所谓的"灵魂"的东西吗？猫是灵魂的载体，所以必须一直改变，不让我们捕捉到它的本性。

我认为，现代人应该多想想如何与自己"心里的猫"好好相处。有太多人疏远了内心深处的猫，也有人给猫穿得太多以致扼杀了它的野性。现代人应该更努力地倾听猫的要求，为它找到一双合脚的鞋子。不，光是鞋子已经不够了，还要去发现一些全新的东西。

四　飞天猫

一个秘密

悄悄告诉读者一个秘密，有猫能在天上飞。目前了解到的情况是，全世界一共只有5只，他们背上长着一对翅膀。但他们的妈妈是一只普通的母猫，不会飞。这可是我们之间的秘密，最好不要让太多人知道。汉克和苏珊是对兄妹，他们是最先知道这个秘密的人，认真地答应猫儿们"绝对不告诉任何人有关你们的事情"。兄妹俩由衷地为会飞的小猫担心，"那些人看到长翅膀的猫，天知道会做出什么样的事情来"。秘密还是尽可能不要传出去的好。

然而，秘密又是普通人喜闻乐见的话题，要守口如瓶是何其不易。比如我，别人一告诉我这个故事，我就迫不及待地想找人倾诉了。而且，最近我碰巧和村上春树先生进行过一次对谈，他是为数不多的几个知道这个秘密的日本人之一。大家都知道，村上先生一般不接受对谈的邀请。但这次比较特殊，他应邀在我们的临床心理师全国会议上进行了谈话。此次村上先生为我们破例的主要原因是，最近他在密切关注奥姆真理教事件[1]受害者等经历突发事件后产生心理问题的人群，他们正是临床心理师的实践和研究对象，是我们的专业领域。

在对谈前的碰头会上，我试探着向他询问："能否把飞天猫的事情也拿出来谈谈？"想必村上先生也是决心为小猫们严守秘密的。但我本以为他会同意我的建议，因为飞天猫的内容与他所关注的创伤后应激障碍（PTSD）有关，具体情况放在后文介绍。结果，村上先生却对我摇了摇头，神情机敏而严肃。我偶尔会有机会与作家进行对谈，深感他们都有敏感而严谨的一面，接触时需要万分注意，以免不慎破坏和他们之间的友谊。于是，我也就决定在对谈中避免提及"飞天猫"的故事了。

但是这件事因为当时在场的村上夫人阳子女士而出现了转机。她经常想方设法为作家丈夫的固执打圆场，让普通人在跟村上接触时不至于遭遇太多尴尬，这次她又出手相助，说："先不说对谈，反正是登在没什么人看也不太靠谱的杂志上，也无妨，你说呢？"尽管村上先生还是将信将疑，但至少不像之前那么反对了，我也就此松了一口气。我不太清楚《新潮》是本怎样的杂志，但确信"猫魂"这个专栏

---

1 主要指1995年日本东京沙林毒气事件等日本真理教引起的社会事件。

56

肯定是不太有人读的，光凭专栏名恐怕就不会有多少读者当一回事来读，所以就让我在此一吐为快吧。

村上先生大概是觉得有点过意不去，表示"飞天猫的事情不能讲，但可以聊聊不会飞的鹦鹉"。我们的对谈就是从"不会飞的鹦鹉"开始的。我琢磨了一下发现，不会飞的鹦鹉与飞天猫是一对对立存在的概念。生性独立不羁的猫长出了翅膀，不羁的性格一定会变本加厉；而不会飞的鹦鹉永远只会模仿他人，如同信众们异口同声地重复所谓教主的"真理"，陶醉在自己会飞的幻境中，闯下大祸，自掘坟墓。

说到"真理"我还遇到过这么件事。那天我坐出租车去会议现场，司机跟我攀谈起来，听说我去参加"真理"[1]大会，他问我参加的是"真理教"的哪个分会，我被问得一时不知如何回答是好。我甚至觉得他这是在提醒我们，临床心理师弄不好也会沦为"真理教"般的存在。后文也会提到这一点。

我的开篇似乎有点长了，把本文的主旨都讲了。后文我将"认真"讲述"飞天猫"的故事。郑重声明，后文所有内容都是真实故事。

---

1 日语中，"真理"与"心理"同音。

厄休拉·勒·奎恩与《飞天猫》

厄休拉·勒·奎恩是日本家喻户晓的电影《格德战记》的原著小说作者，她创作了主人公名叫格德的奇幻小说四部曲。作品不仅在美国很受欢迎，在日本也广受成年人和儿童的喜爱。我也很喜欢，因为曾经做过"格德战记与自我实现"为题的演讲，后来与儿童文学结下了不解之缘。但我不知道，勒·奎恩女士还出版过与猫有关的三部曲作品。直到执笔撰写"猫魂"才第一次得以拜读。勒·奎恩女士的作品实在名不虚传，连配图也令人叫绝。三部曲均由厄休拉·K.勒·奎恩撰写，村上春树翻译，S.D.辛德勒插图，日本讲谈社发行，作品名《飞天猫》《回家的飞天猫》和《了不起的亚历山大和飞天猫们》。村上春树先生的译文堪称一流，部分还注有原文，读起来妙趣横生。如果这套绘本能在日本出一个英文版，注有村上先生的注解，那些因为苦于英语语法而讨厌英语的日本高中生看到了大概会两眼放光吧。

《飞天猫》是这么开场的。

"自己的4只小猫为什么都长着翅膀呢？猫妈妈简·虎斑百思不得其解。"简·虎斑是一只没有翅膀的普通猫，然而，她的4个孩子希尔玛、罗杰、詹姆斯、哈里特都有翅膀。猫身上长出了翅膀，奇幻小说也就成功了一半。勒·奎恩凭借着丰富的想象力，得以在奇幻故事的世界里自由翱翔。

为什么猫宝宝们会长翅膀呢？附近的其他猫认为"是因为孩子们的爸爸是个到处飞、寻欢作乐的人"。这段标有"★"号，附有村上的注解。原文中，小猫的爸爸被形容为"a fly-by-night"，也就是"轻率、好动、精明、经常玩失踪"的人。按照这样的思路，我们大概也可以称得上"fly-day-by-day"了。当然，这些猫邻居所说的纯属调侃，缺乏科学依据。

关于孩子们有翅膀的事，妈妈也思考过原因。她认为，一定是跟她在生产前所做的梦有关系。梦里，孩子们从城市里飞走了。可能有人会相信，但我仍旧以为这不能作为飞天猫的来历的证据。

奇幻故事的本质就是"没有根据地存在，没有根据地令人信服"。对于孩子长翅膀的事，虎斑妈妈完全摸不着头脑，我们这些人阅读之余却乖乖地全信了。有人对这个毫无根据的故事嗤之以鼻，这种人的人生态度恐怕是不太严谨认真的。欧洲中世纪神学家埃克哈特指出"人的存在没有任何依据"，不存在任何活着的目的、活着的理由。既然人的存在不需要理由，那么记述人生的传奇故事更无需什么根据。

勒·奎恩、为作品绘制插图的辛德勒和译者村上春树都是猫咪爱好者。在第三卷，写有勒·奎恩和辛德勒各自有关养猫的献词，读了三部曲之后也能够深深感受到两人对于猫的观察之细致、了解之入微。于是，勒·奎恩在观察自己的猫的过程中，某一天突然相信"猫是有翅膀的"。在这一瞬间，这个故事就成型了。无论你信或不信，反正她是信了。

奇幻故事致力于讲述没有来龙去脉的真相，科幻故事则专注于为虚构的情节寻找证据。勒·奎恩同时擅长这两种类型的创作。我们所处的现实生活，既可以戴着奇幻的眼镜审视，也可以抱着科幻的思维观察。莫扎特为我们带来了天马行空的乐曲。喜欢莫扎特的人认为他的音乐是顺理成章产生的，不需要寻找任何理由；研究莫扎特的人则讨论他的音乐之所以天马行空的原因。第一种人叫作音乐爱好者，后一种人叫作学者。到底哪一种更加厉害，我也说不清楚。

我似乎尽扯些无关紧要的事情，其实主要是想说"飞天猫"是故事的唯一主线，介绍梗概显得有点不解风情，因为故事实在是太真实了。请务必和你的孩子一同阅读这套书。我认为第一卷尤其出色，飞天猫们和人类的孩子相遇的一幕令人叫绝。这种情节是用理性思考的人绝对想不到的。是"飞天猫"引来了这样的人类孩子。勒·奎恩一定也犹豫过，是否应该把如此重大的秘密通过绘本公之于众。

第一卷以人类兄妹汉克和苏珊与飞天猫兄妹詹姆斯和哈里特亲近的场面结尾。作者是这样描写的，"'汉克，'苏珊说，'这对翅膀好软和。''詹姆斯，'哈里特说，'这双手好温柔。'"

母亲

"母亲"是始终贯穿三部曲的一个词。第二卷《回家的飞天猫》讲述的就是四只飞天猫与汉克、苏珊兄妹一同过着愉快生活，但其中哈里特和詹姆斯因为思念妈妈而回到原先生活的都市的故事。第三卷出场的小猫"了不起的亚历山大"也在孤身一人的时候想起了妈妈。

你可能会认为，关于小猫的情节里有"母亲"这个角色是再平常不过的事情。然而，鉴于作者是勒·奎恩，让我不得不思索故事背后的意义。上文说到过的《格德战记》在连续出版三卷之后，过了相当长时间又出版了第四卷。这一卷恰恰显露了勒·奎恩十足的女性主义立场。于是我特地留意了作品中她对于母性的态度。

第三卷中，村上春树有做一处意味深长的注解。小猫亚历山大想要"做点大事"，于是离家出走，却在途中迷了路。在第二卷中出场的小黑猫简找到了亚历山大，并把他带回到飞天猫们的住处。飞天猫们受到人类兄妹汉克和苏珊的照料，住在农具屋里。因为汉克兄妹的妈妈一直希望能养一只猫，所以他们就把亚历山大带去了。看到亚历山大，妈妈欣喜不已，一个劲儿地摸亚历山大的脖子。亚历山大觉得，"这个人看上去很聪慧"。

这里有一条村上的注解。关于"聪慧"（intelligent）一词他介绍了很多，他还认为"作者厄休拉·勒·奎恩作为女性，有意识地站在女性主义者的立场，避免选择'温柔''慈爱''漂亮'这类所谓的专门形容女性的词汇"。勒·奎恩到底怎么想的我们无从知晓，但可以断定，她希望塑造一个与众不同的"母亲"形象。

小猫们真是太喜欢他们的妈妈了。当开始在森林生活的时候，他们想起了妈妈说过的话，希尔玛提醒哈里特注意安全时，用的也是"仿佛妈妈一般的口吻"。

在第二卷中，哈里特和詹姆斯历尽艰险去见母亲，他们还在那里遇见了同母异父的小妹妹简。后来，当见到母亲的时候，他们才知道妹妹走失后，妈妈花了多大力气寻找妹妹。

女性主义并不否定母性。我个人以为，勒·奎恩甚至是肯定母亲作为小猫飞翔的支柱作用的。只不过这个母亲懂得在适当的时候放手。在第一卷的开首，妈妈就告诉孩子们，这样的环境不适合他们的成长，应该展开翅膀飞到远方去。小猫们哭了，对母亲依依不舍，母猫却告诉他们："昨晚琼斯先生向我求婚了，我打算接受他的求婚。因此，你们不得不离开了。"

承认母性的重要性，同时探索母性的新内涵，作者的这种姿态在作品中可见一斑。只不过，作品颇费笔墨描绘孩子们万分"喜爱妈妈"，这点让人感到多数女性生活的宿命。

缄默症患儿的心理治疗

黑猫简患有缄默症，她从不说话。母女俩原来住的垃圾箱被移走了。人们知道简有翅膀后都趋之若鹜，简受到惊吓便拼命飞上高楼，钻进了楼顶的一扇破窗里。简在楼顶饱受煎熬之际，遇到了来城市看望妈妈的哈里特和詹姆斯，并被他们解救。

简与四个哥哥姐姐住在一起，但因为过去的恐惧记忆，她更不会说话了。巨大的心灵创伤会导致各种心理障碍。在阪神大地震、奥姆真理教地铁沙林毒气事件发生后，相关心理问题引起了社会关注，不少读者或许有所耳闻。创伤后应激障碍（PTSD）一度成为媒体津津乐道的专用语。然而，"障碍"两字容易引起误解，令人联想到某些严重的缺陷，因此逐渐淡出了人们的视野。创伤体验后产生某些症状，其实是再正常不过的事。

缄默症是指具有语言理解能力却没有任何语言活动的症状，像简这样一言不发的叫作全缄默，在家里说话但一到外面就不说话的叫选择性缄默。

亚历山大对简说："你是会说话的。"亚历山大还告诉简，只不过你在屋顶生活的记忆太可怕了，但不开口说出来，谁也不能理解你。"简想逃避话题，于是追起蟋蟀来，但亚历山大不让她离开。他拉住简的尾巴说："你不说话就不放开你的尾巴。"简终于开口了："一群老鼠。那里——有一群害鼠——在那里。"简的身体开始颤抖，亚历山大紧紧抱住简，安慰她。

此后，简会说话了，她接受了亚历山大的求婚，故事圆满结束。

这是个感人至深的故事。但我还要说另一个故事，以提醒读者切莫在感动之余模仿亚历山大的做法。亚历山大对简采取的手段在现实生活中也存在，但实属罕见的疗法。简获救后见到母亲，从她口中了解到母亲在她走失后的遭遇，与善解人意的哥哥姐姐愉快的生活，以及简与亚历山大性情相投的巧合等等，多种条件的叠加促成了奇迹的发生。

有一个与亚历山大和简的情况相反的案例，发生在三十几年以前。一个男孩，直到高中三年级一直有选择性缄默症。很多人曾尝试让他开口说话，都以失败告终。他在家说话，在家以外的地方绝对保持沉默。在学校也不说话，凭借笔试升上了高中三年级（私立学校在这方面比较照顾学生）。

与缄默症患者的会面是很令人头疼的事。如果是儿童，可以通过一起玩游戏拉近距离，然而这是个已经上高三的大孩子。我跟他面对面坐在椅子上，感到无从下手。突然灵光一闪，我拿出了自己经常使用的墨迹测验[1]的图片放在他面前。这是一系列如同墨水渍一般的图形，在不同人眼里呈现出不同的形状，当我问男孩"看上去像什么"的时候，他居然开口回答"像人的脸"。我吃了一惊。他对其他图形也做出了反应。

尽管暗自吃惊这孩子原来能说话，但面对眼前的他，我不知应该说些什么。我担心万一说了什么不该说的，反而刺激到他。面对他，连我的舌头都不听使唤了。

正在我不知所措之际，他说话了："我能看看您这里的书吗？"我松了一口气，请他随意看，于是他拿起一本美术图鉴翻看起来。室内的气氛松弛了，但下一步该怎么办？我采取了放任的手法，等他把图鉴翻了个遍，他抬起头看着我说："我想告诉你飞鸟时代和天平时代的佛像的区别。"似乎是看到图鉴想起来的。我请他说下去，洗耳恭听了他的说明，然后在恰当的时机问道："下星期再来聊聊？"他笑着说："好的。"

第二周，他好像是有备而来。那次他说："今天，我来讲解镰仓时代的历史。"所以我就边听边提问，跟他学习了日本历史。他定期来我的办公室有一段时间之后，我开始思考是什么让这个孩子乐意在路上花费一个多小时来到这里，答案突然浮现了。这是他十八年的人生中，第

---

1 瑞士精神病医生、精神分析学家赫曼·罗夏克创立的一种投射法人格测验。

一次与家人以外的人交谈，多么不容易啊。为了不引起对方的反对，避免伤害对方，他选择了"历史"这一话题。而我认真地聆听他。

后来，他会记下电视节目表来告诉我："星期一六点播出……"有一点可以肯定，话题逐渐由古代转至现代了，与他的个人情绪更紧密关联。后来我们之间还有很多事情发生，在此不作赘述。他在学校也开始说话了，成了一个开朗的孩子。对此，他的高中班主任简直不敢相信，感到好奇："究竟是什么辅导让这孩子说话的？"学校反映："他的成绩提高了很多，就是不知什么原因，历史分数特别好。"

莫名其妙和事出有因

那么，我为什么要列举上述案例呢？人往往如此，喜欢打破砂锅问到底。问完为什么，知道了答案，就感觉像是吃了一粒定心丸。其实，说这个故事是为了思考"莫名其妙"发生的事。

如上所述，杰出的奇幻故事往往建立在想象之上。勒·奎恩就非常善于构思这样的故事，《飞天猫》就是一例。小猫身上莫名其妙地长出一对翅膀，但在结尾处，一切情节却都获得了合理的解释。简不会说话。"为什么？"我们都了解这个问题的答案，简也因为知道了其中的原因而再次获得了说话的能力，故事结局圆满。这是一个很完美的故事。

假如将亚历山大对简采取的方法称作"事出有因"疗法，那么我选择的则是"莫名其妙"疗法。我从来不问为何到高中三年级为止"这个孩子都没有说过话"。放弃对于事情发生原因的追究，我只是自然地面对"不知为何"发生的事情（当然，这种做法需要有相当程度的修炼）。我也不知道"为什么给他看了墨迹测试的图形"。不问原因、不说过程，只是静观事态发展，后来这个高中生就顺其自然地开始在学校开口说话了。到底是为什么呢？真的不清楚。

不同的医生会选择不同的治疗手法，就我而言，当遇到难题时，我倾向于选择不问原因的疗法，结果却往往歪打正着。不问原因的治疗过程结束后，有时也接近了患病的源头。我并无批判或轻视建立在确凿依据之上的奇幻故事和童话故事的意思。只是觉得这样的故事会因为过于感人，令读者忘却其虚构性，信以为真，还试图运用到实际生活中。这可就成为又一个"真理教"了。

比如，有这样一件真实发生过的事。在阪神大地震时，有志愿者让刚来到避难所、因恐惧还在发抖的人"谈谈地震时的情况"或者"把地震时的遭遇画下来"。这就好比采纳并运用了刚才亚历山大的方法。这种做法轻信了"法则"，以为因恐惧体验留下后遗症的人只要将该体验表达出来，就能够痊愈。显然这种做法是不对的。这是对于亚历山大和简的故事的肤浅理解，忘记了案例的本质，制造了错误的法则。表面上看是在模仿亚历山大，其实只是东施效颦罢了。

由于在工作中对此深有感触，我反思过勒·奎恩写亚历山大的疗法的意图，为提醒读者切勿轻信"真理教"，所以着重叙述了不同原因的治疗方法。然而，绘本也好，传奇也罢，总不能莫名其妙地发生。当然也不绝对，在我了解的范围内，长新太[1]的绘本或许能算是莫名其妙发生的那一类。

人们都以为勒·奎恩的《格德战记》三部曲已经完结，在隔了相当一段时间后，她又出乎意料地出版了第四部。这套飞天猫三部曲或许也会在将来推出第四卷。假如彻底是个"莫名其妙"的故事，那就太有趣了。

最后画蛇添足一笔，人类其实也有长翅膀的。不少所谓的专家（各种名目都有）专挑身上有翅膀的孩子进行手术，试图除去翅膀使之恢复"正常"。临床心理师也是其中一员。

---

1 长新太（1927-2005），日本知名漫画家、插画家、绘本作家，代表作有《多嘴的荷包蛋》《圆白菜小弟》等。

五　日本传说中的猫

第三章曾提及《格林童话》中的著名故事《穿靴子的猫》。这个故事是在谈论猫时必定会提及的。本章中，我们将视线转回日本，看看日本传说故事中猫的形象。很遗憾，我似乎没有发现值得单独成文论述的故事，也没有特别优秀的以猫为主题的故事。

　　第一章里我曾说，猫的形象特征丰富多彩，有时甚至是截然相反的。日本传说中的猫也是这样，丰富多彩、不一而足。因此，本文打算一边列举此类不同的猫，一边挖掘其形象的不同意义。

猫怪

　　日本传说故事里的猫最大的特征应该是那种令人不寒而栗的气质。人们恐惧猫的行为的不可预测。猫怪骇人的形象因此流传。尽管在那些叫作"爱猫一族"的猫咪爱好者眼里，没有比猫再可爱的东西了，他们压根不相信猫会变妖怪，也不相信猫具有危险性。然而……传说故事里可不是这么说的。

在此引用《猫之歌》中的内容作为典型案例进行分析（为方便读者阅读，下列故事内容尽可能引用岩波文库中关敬吾所编的《日本传说故事》Ⅰ、Ⅱ、Ⅲ。故事末尾显示的数字分别表示各卷和各个故事的序号。《猫之歌》属于卷Ⅲ、29号）。

很久以前，有一个老爷爷和一个老奶奶，二人养了一只花猫。这只猫是一只25岁高龄的老猫了。一个晚上，老爷爷出去了，老奶奶坐在被炉里取暖。奶奶开始犯困的时候猫来了，说："我来唱歌、跳舞给老奶奶看。"于是猫披起头巾，站立起来又唱又跳。猫还对奶奶说千万别把自己能唱能跳的事告诉别人，如果说出去就吃了她。

爷爷回来后，奶奶没有把这件事告诉他。但是，到了夜里，直到进被窝都没有见到猫的身影，于是老奶奶就把猫唱歌的事告诉了老爷爷。说时迟那时快，猫"喵"的一声从房梁上扑了下来，一口咬住被窝里的老奶奶，把她杀死了。老爷爷吓得直哆嗦，猫却不知去了哪儿。故事是这样结尾的："一只老花猫，真是厉害呀。花猫跳起舞，就会现原形。所以说呀，千万别让花猫跳舞。故事说完了。"

这是个吓人的故事。故事是结束了，但里边那种恐怖氛围却很难散去。故事末尾教育人们"千万别让花猫跳舞"，其实，老奶奶根本没让猫跳舞，是猫自说自话地唱歌跳舞的。关键在于——正如猫所言——是否能够把秘密藏于胸中，并且永远不与其他人分享。

这个故事的恐怖之处在于，猫趁老爷爷不在家时跳舞安慰老奶奶，原以为不过是一个和谐温馨的故事，不料情节急转直下，转变为一场惨烈的杀人事件，老爷爷吓得浑身颤抖却无能为力。老奶奶暂时信守了和猫的约定，一开始并没有把事情透露出去。然而，当发现猫不在，而且因为这件事情实在太神奇，老奶奶终于沉不住气说了出来。正是这一步错误要了老奶奶的命。

可能连老奶奶自己都没注意到，她不自觉地小看了这只猫，明知道会被"咬死"，却仍然心存侥幸。这种侥幸是致命的。

与老奶奶的掉以轻心恰恰相反，有人因为保持了对猫的戒心而捡回一条命。这些都能够在传说故事里找到，是传说故事的有趣之处。来看看《猫与铁壶盖》（Ⅱ、41）。和《猫之歌》一样，这个故事在全国各地可以找到很多类似版本。

很久以前，有一个猎人和母亲二人生活在深山的一间屋子里。不知从哪儿来了一只可爱的猫，于是他将猫养了起来。当时，山里还住着野猫，惹是生非，弄得村里人心惶惶。猎人想要赶走野猫，于是开始准备弹药。家里养的猫一直在边上看着，仿佛在数子弹。猎人当着猫的面准备好十二发弹药，还偷偷准备了一发黄金做的子弹。

猎人出发去打野猫，到了深夜，他开始朝着夜色中闪烁着冷光的一对眼睛射击，听到"锵叮"的声响，子弹似乎掉落在了地上。十二发弹药都这样用尽了，最后一发黄金子弹发出后似乎射中了目标。待到天亮时分，猎人过去一看，发现一只似曾相识的壶盖，边上还散落着十二发子弹。他追随地上的血迹，发现一只体形硕大的野猫躺在地上死了。等他回到家，发现自己的母亲也被咬死了，烧水用的铁壶的盖子不见了。

其实，猎人喂养的那只猫是野猫变的，趁他不在对他的母亲下了杀手，又用铁壶盖当作防弹器具去了山里。在用铁壶盖抵挡了那十二发子弹之后，野猫放松了戒备，朝猎人的方向走去时被最后一发黄金子弹打中，不幸身亡。

与第一个故事里的老奶奶的掉以轻心相比，猎人不经意间注意到了猫在计算弹药数量，于是又暗暗地准备了一发秘密弹药，并且因此而得救。但猎人的母亲仍然不幸被猫咬死，猫的骇人之处可见一斑。

这个故事最恐怖的地方在于，野猫假扮成普通的猫，盯着猎人的弹药细数这一点。披着"平凡"外衣是最可怕的。当你在不自知的情况下，对方已经在算计了。因此，很多人在谈及他们身边犯下过严重罪行的人的时候，经常会说这些人平时看上去只是很普通的人。就这一点来说，猎人真的很厉害，不仅注意到了猫的举动，还准备了秘密武器。

本故事中，还有一点值得引起注意，猎人准备了十二颗子弹，这个数字无论在东西方，都经常代表完整之意，比如一年有十二个月、一打有十二只等。因此，故事揭示出了存在于一般意义上的"完整"

之外的第十三个的重要性。

或者也可以这样认为，与猫怪之类的恐怖角色战斗时，普通意义上的"完整"并不足够，还需要超越完整的X来补充。或许基督教徒会说十三是个不吉利的数字，但假如没有出现犹大这个第十三号人物，那么基督教或许也不会成为像今天这样伟大的宗教。不妨认为，犹大是神准备的秘密武器，用来帮助基督教超越"完整"。

龙宫和猫

说到猫，第一反应就是猫会变成妖怪。在论述日本的传说故事的时候，我首先举了猫怪的故事，当然，猫的形象不止于此，还要复杂得多。某种意义上来说，下面这个猫与龙宫的故事同样讨论猫的变化，但其中的猫的性格更为活泼。首先来看《龙宫的猫》（Ⅱ、48）。

很久以前，有个人生了三个女儿，她们都已经出嫁了。到每年的年末他就会把女婿都叫到家里来。两个妹妹的丈夫都是有钱人，带了酒和炭上门，于是丈人也好酒好菜相待。而老大嫁的人没什么钱，总是带柴火来。丈人因此打发大女婿去干活，没把他放在眼里。

某个岁末，大女婿背着柴火离开家，但转念想与其被丈人呼来唤去，今年还不如把柴火贡献给龙王，他就把柴火投进了海里。不一会儿，海里升出一位年轻美丽的女子前来道谢，还邀请他去接受龙王大人的致谢，大女婿乘在女子的背上钻进了海里。

龙宫设宴款待了他。在离开之前，龙王许诺给他一件想要的东西，他遵从先前接他的女子的忠告，请求得到一只猫。龙王说："这只猫从不轻易送人，但既然是你的要求，就送你吧。每天让猫吃一合[1]赤豆，它会拉出十分之一升[2]的金银粪便，请你好好待它。"说着把猫给了大女婿。他高高兴兴地把猫带回了家。

回到家，他按照龙王教的办法试了试，果然金子越来越多，大女婿一家也成了有钱人。丈母娘觉得事情有点蹊跷，于是追根究底地问了原委，还硬从女婿那儿借来了猫。女婿请求丈母娘务必每天给猫吃一合的赤豆，然后把猫交给了她。

然而，贪心的丈母娘给猫吃了五合赤豆，结果猫拉出一堆粪便，死了。丈母娘气得要命，跑到大女婿那里问罪。大女婿觉得自己把猫害死了，于是把猫的尸体葬在院子里，埋葬的那片土地里长出了南天竹。

因为怀念猫，大女婿一边叫着猫的名字一边摇晃南天竹，结果从树枝之间掉落下了黄金，他成了大富翁。

这是个典型的"致富故事"，叙述了人依靠猫发家的情节。经常看见商店里放有"招财猫"，估计多半也是源于这类民间故事和传

1 合，日本计量单位，约为180毫升。
2 升，日本计量单位，约为1800毫升。

说。日本的龙宫故事的特征是，多数场合由年轻男性前往，遇见年轻美貌的女子，但两人不会结婚，大团圆结局多半以发财为主（当然也有像《浦岛太郎》这样的悲剧故事）。

在此需要问一下，为什么龙宫会与猫产生关系？探讨这个问题需要引用其他的故事材料，其中的猫与龙宫有间接关联。那么下面来介绍《狗和猫和戒指》（Ⅰ、21）的故事。这是来自鹿儿岛县萨摩郡的传说。

一个船主行船抵达目的地，他给了一个贫穷的船工三十钱。而船工却把钱分给了正在戏弄一条蛇、一只狗和一只猫的三个孩子，搭救了三只动物。

乘船回乡的途中，船突然开不动了。他们前去查看，发现一条鲨鱼缠住了船舵。那个贫穷的船工不幸被选中下海解救船只，没想到鲨鱼告诉他："您救下的是龙宫的水蛇公主，我特来接您去接受我们的感谢。"男子在龙宫受到款待，并听从鲨鱼的忠告，选了戒指作为礼物离开。那是一只能够实现任何愿望的戒指，男子因此成了有钱人。大阪有个相马人听说了这件事，便跑来调包了戒指，把真戒指偷走了，船工又变穷了。

正当男子不知如何是好的时候，之前他帮助过的狗和猫来了。男子向两只动物许诺，只要他们能够把戒指夺回来，就招待他们在桌子上吃一顿好饭好菜。狗和猫赶到大阪，发现相马人把戒指藏在罐子里。猫抓住一只住在那里的老鼠，老鼠恳求道："花猫花猫，求你不要杀我。"（到这里，我们了解到这是一只花猫。）猫答应救老鼠一命，作为交换条件，老鼠必须取来戒指。

然而，狗和猫因为戒指发生了口角。得到戒指的狗在过桥逃跑的过程中，因为想吃水中跃起的鱼，不小心把衔在嘴里的戒指掉进了河里。猫捉住在河岸上的螃蟹，让他去找戒指。不曾料想，狗故伎重演，抢过戒指交给了主人。猫把事情的真实情况告诉了主人。主人说："不能招待你们上桌子吃饭了。猫在屋子里吃，狗到院子里吃吧。"猫在屋里吃、狗在院里吃就是这么来的。

故事中，猫与龙宫不存在直接关系。但猫帮助了前往龙宫后成为有钱人的主人公。另外，此处的猫是一只花猫，在《猫之歌》中出现的也是花猫，似乎花猫具有某种特殊的能力。

从龙宫得来的宝物——猫又具有怎样的象征意义呢？在类型相似的民间传说故事中，看上去没有价值的或是丑陋的东西其实具有宝贵的价值，甚至会带来福气。多半龙宫里的猫也属于这类。故事将主人公好不容易从龙宫获得的宝贝设定为一只再平常不过的猫。但猫能够将赤豆变成金子，故事的有趣之处就在这里。不过，神奇的能力并不是取之不尽的，喂多了赤豆，金子却没有变多，这点也很有意思。

第二个故事中，来自龙宫的礼物是具有魔力的戒指，此类故事也较具有普遍性。戒指具有魔力这一细节也是世界各国的传说故事中共通的。当戒指被他人偷走，猫扮演了夺回戒指的角色。猫的形象具有两面性。一方面他比老鼠、螃蟹厉害，要他们去完成他的任务；另一方面，猫又敌不过狗。最后，要不是那位船工主人采纳了猫的说法，猫立下的功劳恐怕就要被狗抢去了。这其中也折射出猫值得我们细细体味的丰富性格。

粗心的猫

《狗和猫和戒指》的故事里，猫既有强势的一面，也有弱小的一面。人们一般认为猫是"狡黠"的，格林童话《穿靴子的猫》里的猫将这种特征发挥到了极致。不过，也有故事讲述猫粗心的性格，这一点上让人不得不钦佩传说故事的智慧。《狗和猫和戒指》里是猫命令螃蟹，而在《猫和螃蟹》（Ⅰ、38之1）里，猫却吃了螃蟹的亏。

猫和螃蟹两个决定比一比谁跑得快。猫认为螃蟹横着跑，跑得再快也无济于事。然而，螃蟹趁一开跑就钳住了猫的尾巴。猫毫不知情地跑到终点，想看看螃蟹怎么样了就回过了头，此时螃蟹从猫的尾巴上下来，说："猫哥、猫哥，你才到啊。"猫根本没有料到，于是低头向螃蟹认输。

我们还能找到很多有异曲同工之处的相似故事，而在这里，我们更应该关注猫的粗心和螃蟹的机智所形成的反差。猫也会如此大意。

再介绍一个讲述猫粗心大意的故事。这个故事非常有名，叫《猫与十二生肖》（Ⅰ、38之4）。

一次，国王决定召集动物们举行一场宴会。动物们对宴会翘首以盼，只有猫把宴会的日子忘了。他去问老鼠，老鼠故意把日子说晚了一天。宴会当天，动物们纷纷前往，老鼠坐在牛背上，等来到门口就跳了进去，成为第一名，接着是牛、老虎……按照十二生肖顺序排列的其他动物悉数到场。猫第二天才到，被众人笑话了一番。所以直到今天，猫只要看到老鼠就要抓住吃掉，猫也不是十二生肖的一员。

这个故事解释了为什么十二生肖里没有猫，以及为什么猫喜欢捕食老鼠的原因，也是一个广为大家所知的故事。故事里的猫被老鼠骗得团团转，粗心本色尽显无遗。有这样描绘猫的这种特征的故事，真是很耐人寻味。

报恩的猫

本文最先列举"猫怪"，讲述了猫恐怖、令人不寒而栗的一面。接着要讲的也是关于猫变身的故事，不过与之前的情况最大的不同之处在于，猫变身是为了报答人的恩情。鉴于这一点，我没有将这些故事归入"猫怪"一类，而是将其命名为"报恩的猫"。所以请大家注意观察在此登场的猫，它们的形象无疑是正面的，却同时流露出某种恐怖色彩。这些猫的故事没有收录在我参考的三本书之中。我将引用关敬吾广泛搜罗日本民间传说后编写的《日本传说故事大全》（全12卷，角川书店出版）里的材料进行介绍。

以下是《猫檀家[1]》的故事。很久以前，老爷爷老奶奶养着一只猫，他们从它还是小猫的时候就悉心照顾，到现在已经很长时间了。老爷爷年纪大了，干不动活了，没办法再照顾猫了，于是悲伤地告诉这只名叫小玉的猫，让它离开家独自生活。但过了一阵，小玉带着三升米回来了。老爷爷觉得奇怪，偷偷跟去看，发现小玉原地转着圈变成了化缘僧人，挨家挨户去求米。老爷爷老奶奶流着眼泪感谢小玉。

不久后，村长的女儿死了，村里为她举行葬礼。小玉用念力将棺材顶在天花板上，现场一片混乱，不管什么和尚念经都没用。当老爷爷和老奶奶来到现场，念起"南无陀拉亚，陀拉亚陀拉亚，南无陀拉亚"的时候，棺材忽地一下降到了地面上。村长很感激，此后每年都给老爷爷老奶奶补助，两人过上了安稳的生活。小玉也消失了踪影，不知去了哪里。

这是个普通的动物报恩故事，猫变成僧人，在葬礼上引起混乱，并且帮助老爷爷老奶奶立下功劳，包含此类与佛教、生死相关的情节是故事的特征。尽管不太清楚"南无陀拉亚……"这句经文是从哪里

---

1 檀家，指寺院的经济支援者。

来的，但我推测一定是有缘由的。第一章曾经介绍过埃及的神猫，说不定日本的猫也和佛教有着某种因缘。

下面再来看《猫又[1]的房子》。这也是个有趣的故事。有关于动物报恩。

很久以前，一个地方住着一位太太和侍女，她们有一只猫。太太对猫很坏，侍女很宠爱猫。有一次，猫突然不见了。侍女很伤心，听某日上门的僧人讲，那只猫"在九州稻叶的山区里的猫山上"，于是侍女请了假去找猫。她来到山中一座气派的房子里准备过夜，出来一个漂亮女子，问："你也是来送命的吗？"侍女吓得手足无措的时候，一个老婆婆出现了，友善地让她在屋里过夜。当晚，侍女睡觉的时候听到隔壁有人说话。她觉得蹊跷，于是在门上开了一个洞，看见睡着两个非常漂亮的女子。再看边上，还睡着一个漂亮女子。仔细一听，她们好像在说，今天来的女人是来看猫的，不能咬她。侍女开始害怕起来，浑身发抖，这时，她宠爱过的猫从纸门上的洞里走了出来。身体是人，脸是猫。猫安慰她，自己到这里来是为了出人头地，并送给她一件宝贝，让她赶紧回去。侍女回到家，发现宝贝是一幅狗的画，狗衔着十两货真价实的金币。

因为羡慕侍女得到了十两金币，太太也跑去九州的稻叶山里。她见到了原来家里的猫，被猫咬住咽喉，死了。

---

1 猫又，日本民间传说中的一种猫怪。

这个故事既讲述了猫的报恩，也描绘了猫的骇人之处。侍女睡觉时邻屋传来说话声的桥段有一种难以言喻的恐怖气氛，与宫泽贤治的《要求繁多的餐馆》有相似之处。不知宫泽贤治是否知道《猫又的房子》。

大家都知道《徒然草》里有猫又的故事，对于老年猫聚集的"猫又房子"的存在，似乎日本全国都深信不疑。房子里的猫都说"为了成为优秀的猫来到这里"，而且都扮成漂亮女子，这两点回味无穷。"猫又房子"与我们人类的养老机构似乎大不相同。当然，冒失地上门拜访说不定会被攻击，就这一点来说两者似乎存在共同之处。还有一个特征，就是故事从头至尾只出现了女性的角色。

在传说故事《伊势参拜的猫》中，一对夫妇为了出去种地，从主人家里借来一只猫看门，傍晚回家时猫喵喵叫着来迎接他们。夫妇觉得，如果能借个老太婆来看门，还能为他们拉磨，猫却不能。第二天，猫勤快地拉起了磨。他们感到吃惊，用磨出来的东西做了好吃的，把猫喂得饱饱的。

某一天这只猫突然说想去伊势神宫参拜，于是夫妇让她去了，猫因为平日的功德化身成了尼姑。归途中尼姑在一间空的寺庙过夜，正殿传来吓人的声响，出现了一只像黑牛一样的老鼠。紧跟着又出来一只像红牛一样的老鼠，还有一只像大牛一样的老鼠。尼姑和老鼠交锋，击退了两只老鼠，最后在与像红牛一样的老鼠过招的时候已经精疲力竭。眼看就要失败的时候，尼姑终于露出了真面目，与老鼠继续交战。村民们第二天一早来，看到一只像红牛一样的老鼠和脖子上挂着袈裟的猫在过招。眼看猫已经打得没有力气，生命危在旦夕，村民们加入了猫的行列，击退了老鼠，猫也因为身负重伤死去了。村民们造了猫冢，将猫厚葬了。

这个故事里也能够明显感受到猫的恐怖感。猫静静地听夫妇说话，第二天便开始拉磨，这样的情节既有意思也让人感到难以名状的恐惧。猫在这里变成了尼姑，也可发现其与佛教的缘分。

最后再讲一个《日本传说故事大全》第二卷里的《猫老婆》的故事，仅做简要介绍。

一个穷人捡到一只有钱人丢下的猫，便把猫养了起来。他叹息："如果有人能帮我磨麦粉该有多好啊。"于是猫磨了粉，为他做了团子。猫来到伊势神宫参拜，变成了女人，和男人结婚了。

这个故事在日本传说中属于非常特殊的一类。因为在动物成为妻子的故事类型中，包括《仙鹤老婆》《鲤鱼老婆》《狐狸老婆》等所有故事里婚姻情节都与"仙鹤报恩"的情节一样，最终以破裂告终，而像《猫老婆》这样主人公结为连理大团圆结局的应该算是绝无仅有的了。这个故事的出处是日本岩手县远野市，类似情节的故事在日本全国的任何地方都不曾发现，说不定这是个近代以后被什么人根据《伊势参拜的猫》改编的故事。这个课题值得今后研究。

六　宫泽贤治的猫

风与猫

本章讲述宫泽贤治作品里的猫，我将选取贤治所写的四部有关猫的作品进行讨论。这些作品都脍炙人口，在一一介绍之前，我想先说一件有趣的事情。希望借此找到一些解读贤治作品中的猫的线索。

在我工作的国际日本文化研究中心的边上，有一所名为桂坂小学的学校。大约在两年前，我接受了学校校长村田乔子的提议，同梅原猛等多位中心的教授一同来到学校授课（该活动到现在还在进行）。过程中，当时参加授课的山折哲雄教授为小学六年级学生讲授了宫泽贤治。要知道，山折教授就出生在距离贤治老家不到200米的人家里，他家和贤治的家族有着不浅的交情，他个人对贤治也有着不一般的感情，那堂课当然也上得相当带劲（河合隼雄、梅原猛编著的小学馆文库之一《给小学生上课》中收录了山折的授课记录）。

山折教授拿出贤治的三部作品《风又三郎》《要求繁多的餐馆》《银河铁道之夜》问孩子们："它们提到了一个共同的问题。猜猜看是什么？"然后又自己回答起来，"其实啊，风在故事里都扮演了很重要的角色。这三个童话的核心问题就是'风'。"接着他逐一列举宫泽贤治的作品，揭开了其中"风"所扮演的重要角色。这堂课简直把贤治作品的本质点了出来。

　　然而，村田校长告诉我，听了课的六年级学生告诉她一些出乎他意料的感受（这个学校的学生经常跟校长交流，真是件好事）。那位学生读了不少宫泽贤治的作品，当山折教授问大家宫泽贤治的作品的共同问题是什么的时候，他原来打算回答"猫"，但是山折教授先说了"风"，他暗自觉得奇怪。学生将信将疑，但听完山折老师的讲解，也就接受了"风"的说法。

　　听完这件轶事，我也将信将疑起来。因为长久以来，我一直在思考宫泽贤治作品中的猫的问题。就在我思索如何表达自己的想法之际，"猫与风"从天而降。两者竟然出奇相似。

　　在撰写本文的过程中，我开始阅读宫泽贤治的作品，尤其是与猫相关的内容，吃惊地发现了佐藤荣二的《宫泽贤治童话集〈风与山猫〉（WIND AND WILDCAT PLACES）》（刊载于《四次元》202号）。文章论述了约翰·贝思特[1]执笔的宫泽贤治作品英译本（讲谈社

---

1 约翰·贝斯特（1927-2010），英国的日本文学翻译家。

国际部发行），或许约翰·贝思特也认为猫和风最能够表达宫泽贤治作品的特征，所以才选择了这样的标题。

在第一章里我们已经提到，猫具有丰富多样的象征意义。但在贤治的作品中出现的猫如果用一句话来概括，应该就是与风的相似性。儿童敏锐的直觉真是太让人佩服了。思索着贤治故事里的猫，加上听到小学校长所述的这件轶事，猫和风的意象在我心中合二为一了。

在一般人眼里，或许猫和风根本就是毫不相干的两样东西。它们确实是一个天一个地。但是，风的不可捉摸、不知从何处来又往哪里去、既温柔又狂野、无孔不入等等特质不都是猫所具备的吗？贤治作品中的猫无不带着以上这些性格跃然纸上。

顺带一提，贤治有一篇叫作《猫》的短篇作品，也可称之为笔记。

笔记是这样开头的："（四月的夜晚，一只老猫）一只老猫在朋友家昏暗的灯光下，静静地探出了脑袋。"

在描写猫时，他写了这样的感想："我十分讨厌猫，一想到猫身体里的东西就想呕吐。"

故事结尾："不管怎么想，我就是讨厌猫。"

似乎现实生活里的贤治对猫有点反感。但是，作品中的猫完全不带作者的这种个人喜好，作品中的猫仿佛风一样轻轻地来到了他的内心世界。

猫的来访

我们来看一部脍炙人口的作品《大提琴手高修》。

高修"在镇上的电影院负责拉大提琴。但是大家都觉得他拉得不怎么样"。高修这个名字在法语里的意思是"笨拙的、扭曲的"。人如其名。高修何止笨拙，在演奏者中他是最没有本领的，"总是被团长戏弄"。

世间确实有一种人，他们显得不太灵巧。一般人轻而易举达成的事情他们却学不会，学得很艰难，有时候还会搞砸。这种笨拙既可以是生理的，也可能是心理的，总之，一切都在磕磕绊绊中前行。这与"风"的形象恰恰相反。风能够不受阻碍地前行。风的脚步不会被羁绊，也不会停止。

笨拙的人往往容易受到周遭的恶意对待。高修被团长整得很惨。团长说，高修的演奏总是和大伙不协调，他嘲笑道："你老是像个散了鞋带的人拖在大家后面。"高修被说得无言以对，"他抱着一把破箱子似的提琴，面对墙壁抿着嘴直掉眼泪"。

然而，他却在10天后的演出中出色地完成了合奏，还在返场表演中成功地演出了独奏，赢得满堂喝彩。连苛刻的团长这时都称赞他：

"和10天前比起来，你简直从一个婴儿成长为了一名士兵。一旦下了决心，你还是挺能干的嘛。"

奇迹是怎么发生的呢？开端来源于一只"猫"。就在高修努力练习大提琴的时候，猫像一阵风般出现了。正当他拼命拉琴之际，"一只遇见过五六次的大花猫轻轻地打开门钻了进来"。

猫带着从高修的地里采来的半熟的番茄送给他。但是，因为白天的遭遇，高修还在生闷气，突然对着猫大发雷霆。猫不以为然，"满嘴挂着笑"说："老师，发脾气对身体可不太好。您还是先拉拉看舒曼的《梦幻曲》吧。我来当听众。"

高修怒斥猫是哪儿来的"狂妄的"家伙，高修"红着脸、像白天团长那样气得直跺脚"，不过还是拉起了提琴。猫请他演奏"由罗曼蒂克·舒曼[1]作曲的《梦幻曲》"。高修却锁起门关起窗，堵起自己的耳朵，开始像狂风暴雨般演奏起《印度猎虎人》[2]。在这段情节里，风化为了暴风雨。猫慌了神，想要逃跑，可是门和窗都关得死死的。猫请求道："求求您，别拉了。"高修却一个劲儿地拉。最后，"猫像风车般围着高修打转"。

等到高修停止演奏，猫恢复了镇定，说："老师，今天的演奏和平时不太一样呀。"猫的话又惹恼了高修，他拉出猫舌头，在上面划

---

1 舒曼全名罗伯特·舒曼，宫泽贤治在《大提琴手高修》中幽默地将其称为罗曼蒂克·舒曼。

2 虚构的曲名。

了一支火柴，点燃一根烟。猫吓得把脑袋直往门上撞，高修总算解了气，把猫放了。那晚，高修舒心地睡了一个好觉。

后来，布谷鸟、貉、野鼠挨个来见高修。他们的到访帮助高修越拉越好，在此不多做介绍，我主要来谈谈猫的出现是如何治愈深受团长打击的高修的心灵。

最关键的一点在于猫帮助高修发泄出了心中的不满。他对猫发火的时候，仿佛是在对团长爆发怒气，后来，这股情感转化为《印度猎虎人》倾泻而出，这一情节实在令人叫绝。也就是说，高修逐渐能够控制自己的情感了。狂躁的乐曲实际上是高修灵魂的温柔的"梦幻曲"，猫多半知道这一点。

猫如风一般鬼使神差地出现，在房间里像暴风雨一样发狂，然后又悄悄消失了。多亏这段插曲，高修得以从团长的苛责中解脱，神清气爽，安心地睡去。

猫之王：狮子

在宫泽贤治的《猫的事务所》里没有人类。故事彻头彻尾都在讲猫。不过在最后，猫科动物之王狮子也出场了，这一情节隐含了重要的意味。

顺带说说我的个人成长经历。在学生时代，我们几兄弟特别喜欢这个故事，常把故事里的对白如"我对某某深感同情""我部分赞同某某"挂在嘴边。这些表达真是贴切极了。还会把比如"托巴斯基酋长，德望高重，目光炯炯，言辞犀利"[1]这样的句子改头换面用到自己的话里。我哥哥雅雄的导师梅棹忠夫初次到我们家来时，我们就颇为激动地称他"目光炯炯，言辞犀利"。梅棹先生的眼神锐利，话语里相当有锋芒，给我们兄弟几个留下了深刻的印象。

　　在《猫的事务所》里，最令人感到同情的是灶猫。事务主任是一只巨大的黑猫。他的部下第一书记是只白猫，第二书记是只虎斑猫，第三书记是只花猫，第四书记是灶猫。和其他猫不同，灶猫的特征不是遗传的。不管出生时是哪种猫，"他因为喜欢夜里钻进炉灶里睡觉，总是弄得浑身都是煤灰，鼻子和耳朵上沾满黑炭，简直跟貉没什么两样"。

　　他是同类里最不机灵的猫，他的遭遇与高修相似，他也受到了别人的欺负。有一次，虎斑猫不留神把饭盒掉在地上，却对捡起饭盒的灶猫找起麻烦来，闹得最后竟打算决斗。危机一触即发的时候，事务主任黑猫出来平息了事端。故事里描述了各种不公待遇，突然，冒出一句作者的话："我对灶猫深感同情。"在关于猫的世界的叙述中，故事的作者——一个人类突兀地讲了一句肺腑之言，读者一定觉得很吃惊。为此请看作品末尾的话——"我部分赞同狮子。"这里透露出非

---

1 《猫的事务所》中灶猫念的一段话。

常重要的信息。后文将作详述。

有一点可以肯定，事务主任能够一定程度保护受到欺负的灶猫，然而毕竟杯水车薪。灶猫在休病假期间，由于其他猫的中伤，连事务主任也讨厌起他来，他在事务所里被彻底孤立了。

"终于，午后一点，灶猫开始啜泣。哭哭停停一直到傍晚，一共哭了三个小时。"

然而，猫同事仍然把他排挤在外。这时，狮子突然来到事务所，喊道："命令解散。"事务所就此歇业。

"我部分赞同狮子。"

这是作品的最后一句话，为什么作者仅仅"部分"赞同呢？为什么开篇"对灶猫深感同情"的时候，没有说"部分"呢？此处深藏原创写作的秘诀。

读《猫的事务所》的故事，谁都会同情灶猫。作者也是。当时，作者为什么要说"各位，我同情灶猫"呢？若了解宫泽贤治的为人就会理解，他一定是可怜灶猫可怜得要命。如果条件允许，简直想要跳进作品中去帮助灶猫，还击其他猫。在很多"以情动人"的作品中，作者通常坚定地站在故事主人公一边。有人甚至认为这就是"儿童文学"的典范。

宫泽贤治并不选择这么做。他在一定的时机表明自己的态度，却以此来保持与作品之间的距离，任由猫儿们推动故事情节的发展。

于是，事务所里包括"主心骨"事务主任在内的所有猫都欺负起灶猫来，灶猫为此流了整整三小时眼泪。贤治对此也爱莫能助。

就在这节骨眼上，猫中之王狮子登场了，干干脆脆地解散了事务所。这个情节对于宫泽贤治来说也是意料之外。只有发生连作者都始料未及的意外，故事才算得上真正的"创作"吧。

故事结局极为果断。不谈谁是谁非，不讨论如何消灭不公平对待，直接"散伙"。这句话由狮子之口说出，令人叹服。但是，对于起初同情灶猫的贤治来说，结局显得不太圆满。比如，既然狮子出场，为何不借此机会请他查出真相，好好惩罚坏猫呢？也因为这个原因，作者只能表示"部分同意"的态度。

作者收起了自己的是非观念，将解决的权力交给猫儿们，这一点我由衷赞赏。

山猫的判决

有一张奇怪的明信片从天而降，来到了一郎的手上——以此为开场白的《橡子与山猫》的故事相信很多人都知道。因此，我也选择将话题聚焦在本质问题上，不对细节做过多展开。

一郎在收到山猫的信后，立即起身前去拜访，却不知道怎么找到山猫。"清风'哗'地刮过，橡树的果实掉了一地。"从这个情节开始，一郎逐步获得了通向山猫世界的线索。首先询问橡树猫的行踪，接着询问吹笛子的瀑布、蘑菇乐队、松鼠，但请记得故事开始的"清风'哗'地刮过"这一情节。从这一刻起，一郎离开了平常的世界。所以一郎后来一直在向非人类对象问路。

走着走着，他来到了"一片黑漆漆的榧子树林"，"榧子树的枝条黑魆魆地交叉在一起，林子里看不到一丝蓝天，道路变成了险坡"。翻过这片森林，就能到达"美丽的金色草原"，而脚下的土地分明已是山猫的地界，是超越日常生活的世界。

这时出现了个奇怪的独眼男子，说自己是山猫派来的马车夫。我险些把他当成了高修和灶猫故事里的那种典型角色，其实不是的。一郎胡乱编造的好话把他哄得乐开了花。这让人觉得山猫界也染上了世俗的不良风气。

"突然刮起一阵强风"，山猫现身了。山猫与风仍然有着紧密的联系。猫告诉一郎，他们正为裁决一场复杂的纷争而伤透脑筋，希望一郎帮忙出出主意。于是，一大群橡子蜂拥而至，他们正在你一言我一语地互相争吵。山猫劝说道："仲裁已经进入第三天了。你们能不能快点和好不要再吵架了。"橡子们根本不理睬。原来，他们在为谁最厉害而争吵，有的觉得自己脑袋尖，有的认为自己长得圆，有的说自己体形最大，总之都觉得自己才是第一。

山猫不断想让橡子们安静下来，但他们总是闹哄哄的。山猫不得已借用了一郎的主意，说："我宣布，第一名是你们当中，最不厉害、最傻、最难看、最不像话、脑袋最扁的那个。"

听完裁决，"橡子们变得鸦雀无声"。

山猫高兴极了，想聘请一郎当山猫法庭的名誉法官，希望他一收到明信片就前来帮忙。一郎欣喜地接受了邀请。关于明信片上怎么写，山猫问"有事相问，明日务必出庭"怎么样，一郎回答"最好不要这样写"。

山猫深感遗憾，表示有礼物要给一郎。他问一郎："喜欢一升黄金橡子，还是咸鲑鱼头？"一郎选了黄金橡子。离开奇异世界时选择哪一种礼物还真是有点费脑筋。

一郎乘坐山猫的马车回家。不料，一路上，金橡子的颜色越来越暗淡，回到家时已经变成了普通的褐色橡子。山猫和车夫还有马车也没了踪迹，一郎就在自家门口。此后，山猫没有写来过信，"一郎偶尔会想，当时应该同意山猫写信让自己出庭"。

故事结束了，正如标题所显示的，一郎意外受邀请来到"橡子和山猫"的世界，但仅此一次，此后就和那个世界断了联系。"橡子和山猫"的世界并不存在于日常生活。但那里的橡子和车夫受到了日常生活中的观念的影响，山猫为此发掘了一郎并邀请他去做客。山猫的策略大获成功，凭借一郎的反常规的智慧平息了橡子们的争斗。

故事的精彩之处在于此后的情节发展。山猫出于好意想让一郎担任名誉法官，一郎却偏偏因平庸之见，认为"务必出庭"的表达有问题，又放弃咸鲑鱼头选择了金橡子。他毕竟没法成为"橡子和山猫"界的一分子。请注意此处山猫对一郎态度的变化。猫吩咐车夫去拿一升橡子的时候，补充说万一不够就拿镀金的充数，一边命令准备马车，一边还在打哈欠。

一郎事后发现问题，也觉得"当时应该同意写让自己出庭"。另一方面，假使一郎同意要求，选择了鲑鱼头，那么他可能会因为过于频繁地来往于"橡子和山猫"的世界而被凡间看作"怪人"。与山猫交往真是一门学问。

城里人和猫

高修和一郎都与猫有过交往。但是，有人对猫的世界的存在全然不知，或者鲁莽地否定猫的世界。在本章节，姑且把这类忘却自己是自然的一部分，断绝与自然关联的人称作城里人。当这类城里人接触到突然出现的猫的世界，他们所体会到的恐惧感，我们能够通过《要求繁多的餐馆》了解一番。《要求繁多的餐馆》中的"两位年轻绅士"是城里人的代表，是与高修截然相反的角色，跟笨手笨脚的行为更是风马牛不相及。他们打扮成英国军人的模样，带着亮闪闪的猎枪，还有恃无恐地大喊："往鹿那黄黄的肚子上打两发子弹，送它去见老天爷该有多痛快！"

两个城里人闯进了深山老林，领路的职业猎人也不见踪影。跟随他们的两只白熊似的大狗也"一起犯了晕，呻吟了一阵后吐着白沫不省人事"。两个城里人在手无寸铁的情况下被留在了山里。他们感到了恐惧，试图返回住的地方，却分不清方向。此刻，"起了一阵大风，草沙沙作响，树叶哗哗飞舞，树木咯噔咯噔发出声音"。

风声带来了一个更深层次的世界，"要求繁多的餐馆"随之出现了。绅士们在餐馆里的遭遇想必大家都已熟知，在此不作描述。最重要的一点在于，餐馆里的猫对绅士们提出了一系列要求，当他们领悟到猫的意图时撒腿就跑了，因为他们一直只站在自己的立场上，按照自己的观念理解猫的话。

与此相同的情况至今时常见到。孩子从内心深处发出的信号被大人以自己的方式解读。

故事中"马上可以吃了"这样恐怖的言辞在绅士们的眼里也另有解释。他们总算在被命令浑身抹盐的一刻觉察出了异样，发现"两只蓝色的眼睛正从钥匙眼里盯着我们"的时候，两个人几乎吓破胆，"由于过于恐惧，他们的脸色变得像废纸一样，互相呆望着对方，直发抖，无声地哭了起来"。

就在千钧一发的时刻，两条原以为已经丧命的像白熊一样的狗冲了进来，救他们于危难之中。

后来一切都消失了，两个人赤裸着身体躺在草丛当中，外套和鞋子等散落在周围的树枝上。

"起了一阵大风，草沙沙作响，树叶哗哗飞舞，树木咯噔咯噔发出声音。"

本文开头介绍的山折哲雄教授的课上，他说《要求繁多的餐馆》的故事"在风声中开始，又在风声中悄然结束"。这句话切中了要害。说不定这就是一个发生在一阵风里的短暂故事。吓人的猫乘着风飘然而至，又在风中消失得无影无踪。

绅士们获救后回到了东京，只有脸色还像废纸一样苍白。城里人很健忘，即便他们有过一些宝贵的经历，也会马上淡忘或是不承认。所以，脸上的惨白是时刻提醒他们不要忘却的印记。

站在容易被忽视的"另一个世界"，宫泽贤治成功地审视了现代人。风和猫似乎是他用来从对岸传递信息的最重要的信使。

七 怪猫

——锅岛猫妖骚动

魔猫

在第一章中提到过，猫具有丰富多样的形象，其中也包括具有魔力的猫。从积极意义上说，这是一种疗愈的魔力；从负面意义上看，也会带来灾难和疾病。很多情况下，猫会与女性联系在一起，在西方中世纪历史上，猫与巫女关系紧密。

那么为什么西方社会会将猫和巫女联系起来呢？弗莱德·格廷斯[1]在《猫的秘密生活》（松田幸雄、鹤田文译，青土社出版）中如是说："在古埃及，人们狂热地崇拜猫的女神塞克麦特，所以就出现了基督教为排斥异教徒所崇拜的宗教，开始忽视甚至敌视猫类的现象。"《猫的秘密生活》中提到："1233年，教皇格列高利九世宣布异端分

---

1 弗莱德·格廷斯，英国美术史家，著有《恶魔的事典》《猫的秘密生活》等。

子（包括巫女）都崇拜长成黑色公猫样子的魔鬼，顺势推动排猫运动。"不仅如此，据说早在格列高利九世之前，就有"一部分魔鬼雕像，通过猫科动物的形象来表现其有如撒旦一般的威风"。

这样的思想助长了欧洲"烧死象征恶魔力量的猫类的习惯"。抑或"因黑猫被广泛认为是半夜拜鬼仪式的常客，人们相信切掉尾巴就能阻止它跟随巫女主人一同外出，所以农村里的人习惯将猫的尾巴切除"。无辜的猫们遭受火烧、斩尾这样的不白之冤，真是太让人同情了。

猫在基督教国家之外的国度也被认为是魔鬼一样的生灵。弗莱德·格廷斯的书里还提到过，南美洲印第安人、盖丘亚族[1]传说中最强悍的恶猫的鬼魂。无独有偶，哈德兰·戴维斯在《日本的神话与传说》中曾经提到过日本民间传说《竹箆太郎》。"一群打扮成猫科动物模样的山中恶鬼在一只恐怖的猫的带领下，要求村民将家中未出嫁的大女儿作为贡品奉献给他们。"山中恶鬼边喝酒边吵着：

> 这事那事别告诉他
>
> 别告诉竹箆太郎
>
> 近江国[2]的长浜[3]的

---

1 南美印第安人的一大分支。

2 地名，日本滋贺县的古名。

3 地名，滋贺县下属城市。

千万别告诉竹篦太郎

滚来滚去滚滚滚

　　一个和尚听到恶鬼们的歌唱，就来到长浜，带来一只叫"竹篦太郎"的狗，击退了恶鬼。在关敬吾编著的《桃太郎·割舌雀·开花爷爷日本的传说故事（二）》（岩波文库出版）里说恶鬼的原型是猴子，领头的是一只体形硕大的狒狒。不知何时，故事中的恶鬼变成了猫，这对猫来说也真是件哭笑不得的事，说不定在类似的传说故事里就有猫的版本。

　　暂且不论《竹篦太郎》，我们在第五章已经介绍了很多有怪猫出场的日本传说故事。在日本，猫常被看成具有魔力的物种，因此本章就列举一个比较著名的由猫引起骚乱的故事。最有名的要算是《锅岛猫骚动》了，本章选取了《讲谈[1]全集》（大日本雄辩会讲谈社，昭和三十年出版）的版本，边介绍边作分析。根据讲谈故事，日本有关怪猫的故事数不胜数，如有"团十郎猫、按摩玄哲猫、熊谷的挂锅猫、浦贺的南瓜猫、石川的猫酒屋等等，不胜枚举"。据说其中不相上下的两篇就是"锅岛猫妖骚动"和"久留米的有马猫妖骚动"。

1　一种日本曲艺。讲谈师坐在小桌前，边敲打手里的扇子边讲故事。

锅岛猫妖骚动

我们来读《锅岛猫妖骚动》的讲谈故事。篇幅比较长，也相当有读头。我推测故事是按照章回分次讲述的，每一次都有引人入胜的情节和场景，令听者身临其境。一旦故事结束，听众就会发现它在整体结构和创意方面并没有什么出新出奇之处，这或许是日本传说故事的共同特征吧。故事的结构很单一，当你跟随情节发展听得趣味盎然时，就发现故事结束了。鉴于篇幅较长，本文省略那些具体的情节，只粗略介绍梗概。这样必然会削弱故事的趣味性，希望读者见谅。

日本九州佐贺地区的丹后藩主锅岛光茂的家臣里，有一位叫龙造寺又八郎的武士。龙造寺家族很久以前曾是锅岛家的主人，因此获得了千石的封地，又八郎尽管没有官职却被尊为家老[1]中的长位。又八郎和政夫人之间没有子嗣，因此将家老末席矢上家的孩子藤三郎收作养子。然而，政夫人"年近五十，初次怀胎"，生下了又七郎这个儿子。又七郎不幸染上天花致双目失明。龙造寺夫妇颇感委屈，养子藤三郎沦为夫妇二人的出气筒。一天，藤三郎和养父又八郎在下围棋时，因为情感上的摩擦，藤三郎一怒之下砍下了养父的头颅，随后切

---

1 日本古时封建领主的重臣，有较高地位。

腹自杀。二人的首级在棋盘上纠缠在一起，情景颇为凄惨。

这个棋盘离开龙造寺家后，因为机缘巧合到了藩主光茂手中。此后，光茂一下围棋就会变得气急败坏，自己赢了就责怪侍从阿谀奉承，输了也要发一通火。在陪下棋的人不知所措之际，光茂下令将龙造寺又七郎招进府内陪自己下棋。当时，龙造寺家中养了一只叫小玉的"半面长着白斑的黑猫"（全身乌黑，有半张脸长着白斑），是被小孩子欺负的时候救回来的。小玉拼命制止又七郎出门。政夫人也感受到了不祥之兆，试图说服又七郎不要前往。然而一切都枉然，又七郎进了城堡，因为下棋时起了冲突，被光茂杀了。

光茂十分后悔，却无能为力。光茂的贴身侍从小森半左卫门献计将又七郎的尸体藏进了当时正在修缮的仓库墙内，对龙造寺家谎称又七郎是在回家途中失踪了。

政夫人想办法寻找又七郎，无果，却在梦里听小猫小玉说出了真相。她确信猫在梦里说的是真事，抱着小玉说："我要借你的身体，化为畜生，获得灵力，灭亡锅岛家三十五万七千石的家业，以报杀我儿又七郎之仇。小玉，你一定要实现我的愿望！"说着，政夫人掏出短刀自刎，让小玉舔食自己伤口里流出来的血。这是何等的惨状。猫后来不知所终，龙造寺家就此断后。家丁石田来助过起了四处流浪的生活，同时伺机报复锅岛家。

话说锅岛光茂按照惯例前往江户宅邸执行任务[1]，又在那里见到了龙造寺又七郎的幻影，弄得自己郁郁寡欢。贴身侍从小森半左卫门看到宅邸内的樱花异常美丽，于是想举办赏花宴来取悦光茂。席间，突然来了一只怪猫，袭击了光茂，光茂拔刀还击。小森半左卫门也想抓住猫，却未能成功。据说怪猫还咬死了半左卫门的母亲，他一怒之下拿刀砍猫，却让猫逃跑了。

在家里，光茂的爱妾丰夫人正等着在江户的丈夫归来。怪猫又出现，杀死了丰夫人，并假扮成她。光茂将丰夫人接到江户，后来她怀上了孩子。光茂嘱咐夫人回乡休养，并让小森半左卫门等人陪同。光茂为了祈求孩子顺利出生，便把家传名刀花切丸一同交给了他们。

在回乡路上也发生了有趣的插曲，在此省略不谈。半左卫门在此期间结识了从武士沦落为轿夫的高木三平，二人结为兄弟，高木三平发誓要帮助半左卫门讨伐恶猫以报杀母之仇。怎料猫变的丰夫人想要陷害半左卫门，藏起了名刀花切丸并嫁祸于他，使他不得不受光茂的惩罚。其实，这是对外的讲法，光茂假借惩罚名义保住了半左卫门的命，命令他成为浪人[2]后继续为消灭怪猫出力。

成为浪人后，半左卫门遇到了意料之外的幸运，和高木三平一起回到了锅岛家的领地。丰夫人返乡后，每到夜晚，锅岛城堡下都会出

---

1 该活动源于日本江户时代的参勤交代制度，各藩的大名需要前往江户替幕府将军执行政务一段时间，然后返回自己的领土。
2 浪人：指脱离藩籍，四处流浪的武士。

现"发光的东西"，有人因此受伤丧命。听闻这一情况，二人认定是怪猫在为非作歹，于是前往灭猫。他们还偶遇了养父母被怪猫杀死的大力少年伊东惣太，三人发誓击退怪猫。有关于惣太也是趣事连篇，但在此也不赘述。

锅岛光茂从江户回乡后，一和丰夫人接触就会犯不明原因的毛病，于是她把自己关在房间里。夜里丰夫人前往探望，病痛就会进一步加重。

伊东惣太和高木三平托关系当上了下人，潜入城内探听情况。因为在巡夜的时候立了功，获得了上级的赏识。这段也有很多趣闻，在此略去不提。惣太成功获得了武士身份，成为了夜间在光茂身边服侍的贴身侍从之一。他们听说光茂平时根本不犯病，只有在午夜到凌晨时分才会痛苦难忍，然而此时值班的侍从却因为强烈的睡意来袭而进入沉睡，事后光茂总是勃然大怒。

轮到惣太值夜班时，他发现确实一过午夜值班的其他人就开始瞌睡了。惣太将小刀柄抵在大腿上以防睡着，就在这时，他看到丰夫人带着侍女前来探望。她用手抚摸光茂的胸口，光茂就开始出现不适。惣太将自己的所见报告给了上级，他认为丰夫人很可疑。第二个晚上，惣太和半左卫门一同监视丰夫人，发现了她的真实身份。那个侍女也是猫变的。

于是众人倾巢而出追捕怪猫，丰夫人变成了猫，身负重伤却还是逃脱了。猫带着几个下人住在深山里的洞穴中。半左卫门、惣太、三平三位勇士率领锅岛家的士兵前去捉猫。捉猫过程中当然也历尽辛苦和险阻，三平在与怪猫打斗时丧了命，最后半左卫门和惣太杀了猫，得到了锅岛家的重用，故事圆满结束。

因为担心动物的怨灵再来骚扰，锅岛家便在洞穴附近建起一座神社，祭祀猫的灵魂。当地人都将神社称作猫魔明神，久而久之成为了佐贺地区的一大名胜。另一方面，光茂派人去龙造寺家族的祖庙净林寺，认真祭拜了龙造寺又七郎、政夫人、又八郎、养子藤三郎等人。此后就再也没发生过类似事件，锅岛家也平安无事。

怨念

上文极其简要地概括了故事内容，最终猫怪被击退了，然而其为非作歹的样子让人后怕。在猫的背后，驱使其疯狂作乱的原动力其实是人类的怨念。在猫皮下面的，是女人阿政的灵魂，她对于锅岛光茂的怨念控制了猫。

人所拥有的七情六欲之中，怨念是一种具有比较强烈的控制力的东西。恋爱的热情也具有很强的力量，但在持久性上却不如怨念。有个词叫作"怨念深重"，用来形容怨念真是再合适不过了。猫怪无数次的失败和受伤，正体现出猫怪的怨念深重。

我还想请读者关注政夫人的怨念附体猫之前发生的另一个与怨念有关的故事。就是养子藤三郎对他的养父母的怨念。这直接引发了藤三郎杀死自己的养父的事件。藤三郎由于难以忍受父亲平日对他的不善，恼怒之余砍杀了父亲。

　　说到由于父子情感不和而造成儿子弑父，大家应该都会想起著名的俄狄浦斯情结。弗洛伊德受到古希腊悲剧《俄狄浦斯王》的启发，认为所有男性在幼年都对母亲怀有依恋，因此有杀死妨碍者父亲的倾向。但因为考虑到杀父的不现实而放弃，并压抑了对母亲的感情。然而，这股欲望以及担心因爱上母亲而受罚的感情作为一种情结潜伏在男性的意识中。

　　无独有偶，世事都存在着某种联系，就在我读到《锅岛猫妖骚动》之前，就曾连续读到过好几则"弑父"故事。首先读了阿伊努族[1]的传说故事，其中的"弑父"情节同俄狄浦斯的情况大有不同，引起了我的很多思考。后来又读了一本现代小说，柳美里[2]的《淘金热》（新潮社出版），少年杀父是小说中最为关键的情节。

　　一般的"弑父"情节留待其他机会探讨，在此我主要论述《锅岛猫妖骚动》里对这一情节的理解。在《淘金热》中，少年和他的父亲的冲突非常激烈，青睐俄狄浦斯情结理论的人或许会把故事对号入

1　居住在俄罗斯库页岛和日本北海道的民族。

2　柳美里，在日韩国人，小说家、剧作家。

座。确实，在一个男孩的成长过程中，如何挑战父亲这个不得不逾越的障碍是《淘金热》中的重要主题之一。

与此相对地，在《锅岛猫妖骚动》中，尽管开头描绘了父子之间恶劣的关系，但它不是故事的主要线索；尽管出现了父子的首级滚落在棋盘上这等惨状，但故事主题是在其他方面交错展开，也就是向消灭猫怪的方向发展。故事搁置了关注人心的黑暗面，将重点转向更具趣味的猫怪一边，而推动故事发展的父子之争却被不经意地忘记了。

暂且先将开头提到的父亲和儿子之间的怨恨放在一边，我们来看看政夫人的怨念。光茂杀死又七郎是极其没有道理的一件事，不仅如此，他还为了掩盖罪责将尸体砌进墙壁里，撒谎说他已经回去了，可恶至极。谁都明白，光茂罪孽深重。因此，政夫人作为又七郎的母亲，要向光茂报杀子之仇是一件顺理成章的事情。换言之，政夫人的怨念是合理的。假如故事发生在西方世界，又会怎么发展下去呢？

政夫人梦见小玉，知道了真相，抱着小玉自杀，说："刚才梦见的都是真的事情。事已至此，你锅岛丹后藩主就是我的杀主仇人，既然我的丈夫和儿子都死了，我也不要活了，此仇不报我誓不罢休。"请大家注意她没说杀子，说的是"杀主仇人"。关于这点在上一节里曾提及，龙造寺家曾经是锅岛家的主人。在丰臣秀吉失势，德川家康掌权之际，龙造寺家没落，锅岛成为了大名[1]，后来又找回曾经的主人，

---

1 日本古代封建制度中的一种称呼，意为统管大片领地的地主。

以府中上客身份礼遇。所以，按理来说龙造寺家也算得上锅岛家的"主人"，故事到此有些复杂。实际上锅岛家才是主人，因此才能够仰仗权力将光茂的罪名抹掉。

这么看来，又八郎和藤三郎，也是养子和养父的关系，而并非亲生父子，也就是名义上的父子关系的悲剧，与处在名义上的主仆关系的政夫人和光茂之间的故事重合在一起。因此两个故事中的猫怪身后都有巨大的怨念，情节还很纠葛。

藏尸之罪

光茂一时糊涂斩杀了龙造寺又七郎后，小森半左卫门将其尸体藏在了仓库的墙壁里。尽管这一行动掩盖了主人的杀人罪行，但故事却未完结。"后来，每到淅淅沥沥的下雨天，这面仓库墙壁上就会映现一个哀怨的盲人的身影，看到的人都大叫一声便失了神。"要彻底隐藏犯下的罪行是很难的。

提及"藏尸于墙壁中"和猫的关系，大家都不约而同地想起爱伦·坡的著名短篇恐怖故事《黑猫》。古今东西，似乎总会产生一些相同的主题，真是耐人寻味（下文引用了《黑猫·黄金虫》佐佐木直次郎译、新潮文库版本）。

《黑猫》以明天就要面对死刑的杀人犯"我"回顾案件的形式叙述。"我"是个老实忠厚的人，和性情相投的妻子结了婚。两人养过各种动物，最后养的是一只又大又漂亮的黑猫。这是只非常有灵性的黑猫，让人想起了"那个古老的传说，黑猫都是女巫装扮的"。夫妇二人给猫取名普路托，宠爱有加，后来因为"我"开始酗酒，故事情节发生了突变。

　　"我"对猫实施了疯狂的虐待，最后把猫杀死了。此处"我"的心理活动值得关注。"我"意识到这是"万万做不得的事情，就凭这一个理由断定自己的行径是邪恶或者说是愚蠢的"，却控制不住自己。主人公"将绳索套进猫的脖子，吊在一根树枝上……眼里一边流着泪，心里一边感受着痛苦的悔恨，吊死了猫……越是了解猫对自己的依赖（中略）越是要下手"。主人公是明知故犯。

　　就在"我"残忍杀害猫的当天晚上，家里发生火灾被全部烧光了。在一处残壁的"白色墙面上显现出一个像是雕刻出来的大猫的形象"。猫的影子被火映在了墙上。

　　"我"并未吸取教训，又养了一只猫。然而，这是一只"胸口几乎都是模糊的白色斑点的猫"，让人想起"半张脸长白斑的黑猫"的样子。

　　猫非常喜欢"我"，"我"却因此开始讨厌猫。猫身上的白色斑点逐渐清晰起来，形成了某种形状，竟然是绞刑架的样子。充满恐惧与不安的"我"对猫和妻子的态度越发恶劣，妻子"努力地忍耐住了"。这一情节让人联想起忍耐养父又八郎虐待的藤三郎。

一天，"我"一时冲动之下想用斧头砍猫，却不小心把前来制止的妻子杀死了。为了隐藏尸体，"我"费尽心机，"决定像传说里中世纪的僧人将为他们而死的信徒砌进墙壁里那样，将妻子的尸体藏进仓库的墙壁里"。

"我"砌完墙想把猫也杀掉，猫却不知在什么时候跑了，不见踪影。

一群警察前来家中搜查，什么也没有发现，准备离开。"我"一时高兴，说道："这面墙……你们打算回去了？各位，这面墙可是造得很牢固的。"还敲了敲那面隐藏着妻子尸体的墙壁。于是，从墙里传出了"堕入地狱痛苦万分的人和陷人于地狱之中的恶魔的咽喉中一起发出的、只有地狱中才有的、一半恐惧一半胜利的哭声——仿佛恸哭般的悲鸣"。"我"把妻子的尸体连同猫一起封入了墙壁里，于是从里面传出了猫的悲鸣。

这个故事实在是万分恐怖，我至今记忆犹新。在学生时代读到故事的时候，结尾处仿佛真的听到了猫的悲惨叫声，不禁打了个寒噤。爱伦·坡准确把握了人心中的黑暗面，并且把它描绘了出来。无论是怎么样的好人，不对，应该说心肠越好的人，在他的心灵深处越是隐藏着残忍的意念。

降服猫妖

正如本文所主张的，《锅岛猫妖骚动》涉及了非常重要的主题。在论述"杀父""藏尸壁中"等情节时，列举了《淘金热》《黑猫》等作为例子，它们都是直面人心内部的阴暗面的作品，伴随着阅读的深入，读者会感受到一种晕眩感。这令读者不由地思考人类存在中令人恐惧的阴暗部分。

那么《锅岛猫妖骚动》又如何呢？听了这篇讲谈故事，我们会否在回家途中停下脚步，沉思人类心灵中的阴翳，为自己心中的阴影的觉醒而担忧呢？当踏上回家的路，听者是不是会回味起故事的"可怕"或者"带劲"之处呢？

说到可怕，这个讲谈故事中的一些场景可谓骇人。最令人瞠目结舌的要数那两颗在棋盘上纠缠在一起的人头。或者是"政夫人一边'呜呜'地低吟，一边从咽喉里拔出短刀，将左手上的爱猫小玉凑近伤口，让它饮下咕嘟咕嘟涌出身体的鲜血。小玉在舐食滚滚血液之际，政夫人已痛不欲生"的场景，等等。

但锅岛的故事缺乏撼动人心的力量。这是当然的，谁会喜欢听这样的故事呢？听众都是为了娱乐而去听讲谈故事的。吓人也要适度，否则就不好玩了。

这么一琢磨，就发现这个故事具有典型的讲谈的特点。尽管主题是关乎人的存在中非常深刻的部分，但故事最关心的确是降服猫妖。三位勇士击退猫妖是故事的焦点所在。为了增加故事的趣味性，必须先铺垫猫妖是如何出现的，于是就带出了前文所提到的主题。但故事最终要归结到降服猫妖这一点上，于是就有必要设置伊东惣太这类父母（尽管是养父母）被猫杀死的力大无穷的少年角色。

前文也曾提到过，假如我们理性地思考一下，会认为猫（也就是政夫人）的冤屈才是值得理解的。但先不要想得这么复杂，不管怎么说，大名才是最大的人物，确保锅岛家的城堡内太平无事才是最重要的，因此必须驱赶骚扰他们的猫妖。故事就按照这样的逻辑展开，而后三位勇士的故事进一步推动故事向更有趣的方向发展，将听众抓住不放。

本来以为故事不讲述与心有关的事情，然而，在结尾猫被杀害之后，却又话锋一转讲起了为怨灵镇魂的情节。刚才还是猫妖，一转眼变成了"猫魔明神"，登上神坛。而龙造寺全家"也被认真悼念，所有的怨灵就此消失无踪，此后别无大事"，故事圆满收尾。

政夫人的冤屈是否在理？锅岛藩主的罪过应不应该惩罚？骨肉之间为何自相残杀？这些问题思考起来无穷无尽，到底孰善孰恶越发难以辨清。对这些难题避而不谈，总之应该先降服猫妖，勇士战胜猫妖之后再将其供奉起来，消除怨念，这或许是古代日本人的一种智慧。不用想得太复杂，世事总会船到桥头自然直的，说不定现代日本人至今仍在反复实践这样的思维模式。

八 活了100万次的猫

猫的绘本

本章与大家一起关注有关猫的绘本。不过，这并不是指供猫娱乐的猫用绘本。当然啦，据说也有猫喜欢图画（如西卷茅子的《喜欢看画的猫》，童心社出版），也不能排除存在喜欢图画的猫的可能性。话说我曾驱车经过东京的一家著名宠物店，无意间注意到那里放着以猫、狗用分类的绘本。后来请《新潮》杂志编辑部的工作人员帮忙查过，结果没能得到求证，所以我在此专门讲述讲猫的故事的绘本。

关于猫的绘本一定有许许多多，我也不是绘本方面的专家，所以不能作权威发言。我只是从手边的绘本里挑出一些来进行解读。如果有一些名作被我不慎遗漏了，请读者务必告知我，下一次一定会再找机会继续写写。

一提到有关猫的绘本，想必不少人会想起本章标题中由佐野洋子创作的《活了100万次的猫》（讲谈社出版）。我也十分喜欢这部作品，鉴于它是猫的绘本的代表作品，并且抱着对活在全世界各种绘本里猫儿们的敬意，我将这个标题作为本章的题目。我还有一本很喜欢的有关猫的绘本，是长新太的《打滚的喵》（福音馆书店出版），稍后也将对此书进行详细叙述。在全世界那么多绘本中，说到自己喜欢的绘本，第一时间想起来的是日本的两个作家的作品，真是一件让人高兴的事情。可能在其他领域就不太可能出现这种情况了吧。我个人认为，日本的绘本在世界范围内也具有相当高的水准。除了日本的绘本，这里还将提到由詹姆斯·乔伊斯[1]撰写故事、杰拉德·罗斯[2]绘、丸谷才一[3]翻译的《猫与恶魔》（小学馆出版），由简妮·魏格娜[4]撰写故事、朗·布鲁克斯[5]绘、大冈信[6]翻译的《请进，深夜的黑猫》（岩波书店出版），由汉斯·费舍尔[7]写文绘图、石井桃子[8]翻译的《小猫皮

---

1 詹姆斯·乔伊斯（1882-1941），爱尔兰作家、诗人，后现代文学的奠基者之一。

2 杰拉德·罗斯（1935-），英国童书画家。

3 丸谷才一（1925-2012），日本小说家，文学评论家，翻译家。

4 简妮·魏格娜，澳大利亚图画书创作者。

5 朗·布鲁克斯，澳大利亚插画师。

6 大冈信（1931-2017），日本诗人、评论家。

7 汉斯·费舍尔（1909-1958），瑞士童书画家。

8 石井桃子（1907-2008），日本儿童文学作家、翻译家。

皮》（岩波书店出版），以及由婉达·盖格[1]文、图，石井桃子翻译的《100万只猫》（福音馆书店出版）。看到这些作者中有一些如雷贯耳的名字，或许你会感到吃惊吧。所以千万别小瞧了绘本。

最近，在大学和我工作的研究机关对于"评价"还有"自评"都管得非常严格，在年末还要求个人报告一年以来写的论文数量和阅读书的数量。我期盼大学里读绘本的研究人员会有所增加，比如读一遍像佐野洋子的《活了100万次的猫》这样的作品，说自己读了100万遍也毫不为过。即便100万次有点多，也起码相当于一百本宗教学的书籍了。大家千万不要认为绘本很好读，我在此列举的这些绘本，都属于看着图就能浮想联翩、一不小心就过去半天的那种，每一本都需要花费很长的时间去品读。

阅读这些猫的绘本让我回忆起第一章里的"猫的曼陀罗"图。图中所展示的猫的多样性在这些绘本中被体现得淋漓尽致。看上去是简单的故事，一旦琢磨起故事的各种内涵，就会发现它们各含深意。惹人喜爱的绘本其实蕴含着令人恐惧的寓意，甚至隐含出人意料的"毒性"。直接向作者讨教，他们或许会回答，不要想这么多，只要享受故事就行了，然而猫却有一种特别之处，促使读者情不自禁地想要解读出一些背后的含义。

我觉得我不引用插图讨论绘本有点不着调，但在这里只能暂且先

---

1 婉达·盖格（1893-1946），美国艺术家、作家、插画家。

介绍作品来谈谈我的思考了。

活了100万次的猫

这部作品不仅是有关猫的绘本，还是所有绘本中值得称道的杰作。该书1977年10月出版，我现在有的——因为曾经送过人，也借给过别人，所以经常找不到——是1994年4月发行的第63次印刷的版本。按照这个节奏，说不定哪天会加印到100万次呢。曾经读到过"这本书说不定是写给成年人的"这样的书评，其实大人和小孩都很喜爱，它拥有广泛的读者（可能绘本的受众不应该叫读者）。该书在国外也曾被翻译出版过。

故事主人公是雄性的"虎斑猫"。封面上画着他的英姿，给人的印象类似于"猫的曼陀罗"中代表自立和自主的类型。在日本关西地区方言里，有一种讲法叫"弱老虎"，是指比猫弱的老虎，而这里的"虎斑猫"显得比老虎还要厉害，给人以独立不羁、无所畏惧的感觉。

"曾经有一只猫，100万年都没有死。他死了100万次，又活过来了100万次，是一只伟大的虎斑猫。"

绘本开头是这么叙述的。100万个人疼爱了这只猫，猫死的时候，所有人都很悲伤，猫却一次也没哭泣过。他绝不会哭鼻子，因为那太娘娘腔。

某一次，猫成了国王的宠物，然而他很讨厌国王。国王善战，经常带着猫上战场，某一天，猫被飞来的箭射中，死了。国王在战场上抱着猫，哭得很伤心。

某一次，猫是船夫的宠物，然而他很讨厌大海。猫从船上掉下海里，死了。船夫十分悲伤。

于是就这样，猫一会儿是马戏团的魔术师的宠物，一会儿是强盗的宠物，一会儿变成孤苦老婆婆的宠物，一会儿变成小姑娘的宠物。每一次猫都会死，他的主人都因此很难过。然而，书上说"猫一点都不怕死亡"。

每一个场景都配有图画，都画得非常有趣。只看配图会觉得故事里一定有人和猫相亲相爱的场景，其实所有的故事里都会出现"猫很讨厌……"这样的描述，结果猫都死了。那么这只猫的一生会是怎么样的呢？在此，场景变了。

"某一次，猫不属于任何人。"

插图中，目光锐利、身型壮硕的虎斑猫躺在铁皮垃圾桶上，身边散落着吃剩下的鱼头。

"猫第一次成为了自己的宠物。猫喜欢自己喜欢得不得了。"

很多母猫都来找他，想和他结婚，有的甚至还带了礼物。虎斑猫吼道："老子都死了100万次了。现在结婚太傻了！"

只有一只白色的母猫看都不朝他看一眼。虎斑猫自豪地说："老子可是死过100万次的猫！"白猫回答了一句"是吗"就不再接茬儿。虎斑猫说："你连一次都还没活完吧。"白猫还是一副爱理不理的样子。虎斑猫想起自己在马戏团里干过，就翻了三个空翻，依旧没能引起白猫的注意。

虎斑猫终于忍不住问白猫："我能跟你在一起吗？"白猫回答："好啊。"后来，他就一直跟白猫在一起，白猫生了很多小猫。他再也不提"老子活了100万次"这件事情了。

"虎斑猫喜欢白猫和小猫，比喜欢自己要多得多。"插图里，在原野的正中间，虎斑猫和白猫依偎在一起，身边有一群小猫欢乐地嬉戏着。他的目光再也不像过去那样犀利了。

小猫们长大了，各自去了不同的地方。对于孩子们的成长心满意足的猫夫妇尽管都上了年纪，但过着安逸的生活，"虎斑猫想跟白猫永永远远一起活下去"。

白猫在虎斑猫的身边静静地不动了，死了。"虎斑猫第一次流下了眼泪。日出，日落，又一次，日出，日落，他哭了100万次。"慢慢地，虎斑猫停止了流泪，在白猫的边上，静静地不动了。

故事结束的场景是原野上远远地立着一座房子。看不见猫的影子。

"虎斑猫再也不会活过来了。"

上述是《活了100万次的猫》的梗概。这里不能放图，所以故事的魅力连一半都表达不出来。请大家务必找到原作读一读，相信很多人能够体味到其中宁静深沉的含义。

为这样一个故事写解说是一种不尊重它的行为，所以我打算谈谈我的感想，而不是解说。看这本绘本的时候，我立刻想起了《西藏生死书》[1]。这本书最近被社会广泛知晓，而我是在30多岁的时候，在荣格有关此书的解说中了解到的。书的内容给了我巨大的震撼。这本书是为了指引人在死去后的49日之内尚在中阴[2]游荡的灵魂，帮助灵魂避免因迷失方向而再度投胎转生，也就是为了解放灵魂，使之达到解脱的境界而写的。

比起"恶的生"，更求"善的死"，书中明确提出的这种人生态度对于我来说具有极大的冲击力。而立之年的我还很恐惧死亡，无论如何对死都是抱着抗拒的态度的。然而，书里讲解的是如何摆脱转世的机遇（恶的诱惑），以达到死的境界的理论。

当然，这仅仅是最浅显的解读。在东方哲学里，总是存在着二律背反[3]式的主张，生与死也并不被认为是绝对的对立面。一旦将生与死看成对立的存在，那么拒绝一方就等于接受了另一方，但是其实并非如此。

---

1 索甲仁波切著，讨论如何认识生命的真义、如何接受死亡。

2 在佛教中，将人死后到往生轮回那段时期中的亡者灵体称为"中阴"。

3 康德提出的哲学概念。指对同一问题所形成的两种理论各自成立，却也相互矛盾的现象。

《活了100万次的猫》里的虎斑猫一直不喜欢自己的生活，直到最后才想"永永远远地活下去"。接着他就失去了重生的能力。这一结局让人深深体味到生与死的矛盾。

正因为这是人类永恒的话题，在本章讨论的其他绘本也会或正面或间接地涉及。接下来，我们就关注这一点继续讨论下去。

100万只猫

婉达·盖格的绘本标题里也有"100万"这个数字。或许是猫那千变万化的姿态引起了与数字的这种关联。故事开始于一位老爷爷和一位老奶奶，两个人生活在一起，却并不幸福。"他们非常寂寞。"老爷爷为了实现老奶奶"想要一只猫"的愿望踏上了旅途。画中，老爷爷有时在穿越原野，有时在攀登高山。后来，老爷爷来到了住着许多猫的山冈。那里"有一百、一千、一百万、一亿、一万亿只猫"。看插图，满山冈都是猫。

老爷爷想从中选一只带回家，可是每一只猫都很可爱，于是捡了好多只猫。老爷爷抱着猫，十分欢喜。最后，老爷爷把那里所有的猫都带了回去。

插图里画的是一支壮观的猫咪行进队。抱着一堆猫的老爷爷身后跟着一大群猫。孩子们看到这样的图景一定会很高兴。这么一大群猫，在回家路上把水池里的水喝干了，还把原野上的草吃光了。

老爷爷一行回到家，把老奶奶吓了一大跳。她只想要一只猫就够了。她告诉老伴："假如喂养所有的猫会花费我们很多钱，家里会变得一穷二白。"老爷爷回答："啊呀，我没考虑这点。"一般来说似乎女性的判断更加实际。

最终他们让猫儿们自己决定。"你们当中，谁是最漂亮的？"老爷爷的问题引起了猫儿们的争执。他们相互撕咬、自相残杀，最后只有一只存活了下来，其他猫全死了。那是一只"瘦得皮包骨头的猫"。这只猫很有自知之明，知道自己长得丑，没有参与"谁最漂亮"之争，幸运地活了下来。

老爷爷和老奶奶小心呵护着猫。故事结尾，老夫妻幸福地坐着，猫坐在老夫妻的中间。

故事有一个圆满的大结局。在第六章中，我们曾提到过宫泽贤治的《橡子与山猫》，这个故事相当于宫泽童话的一个变种。另一方面，几百万、几亿只猫相互厮杀，最后只剩下一只，这样的故事真是有点残酷。在这里，为了一个生命的幸福，有上百万个生命要不幸地死去，就这一点来说，这个故事与《活了100万次的猫》有所关联。猫，不，应该说是人，必须了解幸福的来之不易。

几亿只猫里只有一只能够成为家中一员，就仿佛几亿个精子踏上旅程，最后只有一个能够抵达卵子，这么一想，这个故事就一点也不残酷，只不过是讲述了自然规律罢了。我推测，作者或许是从这些现象中得到启发，才创作了这本绘本。

詹姆斯·乔伊斯的猫

大家都没有料到詹姆斯·乔伊斯出过绘本吧！这应该也是他唯一的一部绘本作品。但其实他本人并没有打算创作绘本，这只是以从他写给亲爱的孙子的个人信件中截取的一段传说故事为蓝本编绘的故事。很遗憾我们不知道书的发行年月，在日本是1976年出版的，已经过去了20多年[1]了。

绘本开头是詹姆斯·乔伊斯于1936年8月10日写给孙子斯蒂文的信的内容。

"两三天前，我送了你一只装满糖果的小猫。但是，你一定不知道博让西的猫的故事。"这样开篇后，乔伊斯叙述了博让西的传说。

博让西是卢瓦尔河岸边的一个小城镇。卢瓦尔河是全法国最长的河流，由于河道宽阔且没有桥梁，镇上的人都感到很不方便。有一个魔鬼得知了这件事，找到市长，想要和他做一笔交易：他负责用一个晚上在河上架起一座桥，但要求第一个走过桥的人做他的佣人。市长

---

1 本书于2002年出版发行。

欣然允诺。第二天，河上已然架起了一座雄伟的大桥。镇民们都来到桥边，却不敢过河，因为对岸等着魔鬼。

就在此时，市长盛装前来，一手提着装满水的水桶，一手抱着一只猫。在大家的瞩目下，市长把猫放在桥上，把水泼向猫。猫吓了一跳，跑过桥跳进了魔鬼的怀里。

"魔鬼气得像着了魔一样"，对居民们怒吼道："你们根本不是君子！简直都是猫！"说完就抱着猫离开了。

上述就是故事梗概，我略去了传说故事的文笔和具体细节。有读者知道这是乔伊斯的作品，就期待故事里有什么特殊的手法，但事实上这只是一个普通的故事，或许这有点令人失望。然而，这是一篇爷爷写给孙子的私人信件中的故事，也就难怪了。配图里黑白和彩色图片交替，凸显出日常生活中出现的特异场景。最后写道："希望你喜欢这个故事。爷爷。"比起日本近来那些过度包装的绘本，这本书绝对会受孩子的欢迎。

这个故事很有趣，不过，如若前两个绘本讲述的都是以上百万个生命来换取一个生命的故事，那么这里讲述的则是上百万个人因为一个生命——猫的命——的牺牲而幸存的故事。不过，在西方文化里，猫与魔鬼的关系非常紧密，说不定猫是回到了魔鬼的身边了呢。所以猫是跳到了魔鬼的怀抱里的。市长察觉到并且利用了这一点，使得恶魔尽管火冒三丈却别无办法，这是故事构思的巧妙之处。

猫的归宿

"找不到自己的归宿"是近来处于青春叛逆期的孩子们常挂在嘴上的一句话，对于这一现象，《小猫皮皮》的解释非常贴切。据书的作者汉斯·费舍尔叙述，自己的孩子经常要听他讲故事，他为此不断地编故事、画插图，最后这个故事便诞生了。这一点，与众多的儿童文学杰作有异曲同工之处。

丽萨奶奶养了几只猫，包括毛利、鲁丽这对猫爸猫妈，还有他们的五个儿女。皮皮是其中之一，他和其他小猫不一样，他不喜欢玩耍，而总是待在窝里思考问题。皮皮和其他小猫也总有些不同，他不找他们玩，想去跟小鸡玩耍。小鸡不跟他玩，于是他又想去当山羊，却因为不想被挤奶而逃走了。后来，他想当鸭子，差点在池子里淹死，好在被鸭大婶搭救了。他还是不死心，又跑去兔子那里，终于生病了。丽萨奶奶把他带回家，照料他。受到大家悉心照顾的皮皮，最后觉得"我还是做猫吧"。故事最后的画面是皮皮和自己的猫咪大家庭一起吃饭的场景。只有皮皮身下垫了垫子，被特别照顾。他想："我以后绝对不去别的地方了。"

这类故事似乎并不新奇，但是有意思的插图能够温暖人心。许多孩子可能都曾有过如此经历，觉得自己与家庭成员有隔阂，总想离开去别的地方，却最终感到家是自己的"归宿"。真正意义上的"独立"需要孩子经历在独立与依赖之间摇摆的过程后才能实现。对于"独立的"猫来说亦然。

还有魏格娜的《请进，深夜的黑猫》也跟归宿有关，但故事有点吓人。

萝丝奶奶在丈夫去世后一直独居，身边有一只叫约翰·布朗的狗相伴。猫的故事里总会出现老爷爷和老奶奶，可能是因为猫能够慰藉老年人的孤独吧。萝丝奶奶和爱犬约翰过着幸福的生活，相处十分融洽。某个晚上，萝丝老人的花园里来了不速之客。老奶奶注意到了来客，约翰·布朗却看也不看一眼。老奶奶说好像是猫，打算用牛奶招待，约翰坚决不同意。想让黑猫到家里来的老奶奶和坚决不同意这么做的约翰一直互不让步，最终萝丝生病了。约翰犹豫了很久，终于同意让猫进屋。半夜里，猫来到客厅，从喉咙里发出咕噜咕噜的声音，绘本到这里就结束了。

这部作品的插图非常精美。萝丝奶奶、约翰以及深夜黑猫都画得惟妙惟肖。这不是一个单纯的好朋友之间的故事，还带着一种说不清的感觉。最后的情节尽管让读者感到"很好"，同时也很让人担心他们能否好好相处。两个人成为朋友不是一件简单的事情，小孩子也了解这一点。萝丝老奶奶和约翰·布朗过得这么幸福，那为什么会想要和半夜的猫一起生活呢？况且她还为此病入膏肓。这体现了人心的不可捉摸，同时体现了引起这种心理变化的黑猫的神秘魅力。孩子一定会发挥自己的想象力来体会这个故事的吧。

猫叔叔

最后登场的是长新太的《打滚的喵》。上文中提及的深夜黑猫让人感受到了丝丝惊悚的意味，那么《打滚的喵》里的猫儿们又如何呢？总之，故事里有一大群猫"喵喵"地涌进了飞机，飞机"咕噜咕噜"地飞着。这样的设计似乎没有意义又似乎暗示着什么，这是作者长新太拿手的无聊旅行的桥段，好在绘本里附带夹着《猫叔叔的故事》。读完这个故事，似乎原来没多大意思的故事也开始有深意了。

故事开头，猫叔叔说："不要去想这是哪里这类问题。我们身处在无从计算的空间之中。"看到这段话，让我这个有"解说癖"的人有点脸红。

在讨论《活了100万次的猫》的时候我曾经特地说"解说是一种不尊重故事的行为"，还搬出了藏传佛教。说不定有人就要教导我："不要思考死的含义。活了100万次的猫存在于无从计算的空间之中。"废话少说，享受自己所见所读便足够了。讨论"猫和魔鬼的关系"也纯属多此一举，只要利用猫打败魔鬼，并且享受这个过程就足够了。小孩子们就是这样享用绘本的。

话说回来，猫叔叔考虑得可真多。继续引用刚才的文字。

"猫儿们各自自由地展开想象的翅膀，飞翔在空中。'啊！又有不知天高地厚的人类，伸手想抓住我们！'有的猫因此受到惊吓，梅干大的小心脏收缩得更小了。'这只巨大的手就是我们内心深处对人类的不信任感的象征。'也有像这样进行哲理性思考的猫。"所以说，猫儿们也在思考。文中出现的"巨大的手"所指的是从猫儿们乘坐的飞机下方突然出现的手。因为是"无从计算的空间"，所以也无从预料会出现什么东西。

猫叔叔还说，尽管猫儿们"乘着想象中的飞机，飞翔在天空"，但是在日常生活中，仍然不得不小心躲避人类和狗。此处列举过的绘本中的猫的形象正反映了这一点。叔叔最后笑称："最重要的是要平衡好直面现实的心和畅游想象空间的心。喵呜喵呜，喵呜喵呜，哈哈哈。"我也借此为本文画上句号。

九　神猫再次降临

保罗·加利科[1]与猫

在日本有很多保罗·加利科的忠实读者。他的众多名作都被译成了日文，作品又被拍成电影，因此广为人知。比如有成名作《雪雁》、被拍成电影的《海神波塞冬号》，或是《七个娃娃的爱》等等。此外，还有儿童文学作品《传奇魔术师》《无敌鼠弟》等等。每一部作品都堪称杰作，读者们或多或少应该接触到过一些。

据说，保罗·加利科十分喜爱猫，曾一度与20多只猫共同生活。他说："在自己的作品中最满意以猫为主人公的那些。"那么我们就来看看他的"以猫为主人公"的作品之一《托马西娜》（矢川澄子译，角川文库出版）。

---

1 保罗·加利科（1897-1976），美国作家，其不少小说被改编成电影。

加利科以猫为主角的作品中，有一部《珍妮》。故事讲述了一个六岁少年因车祸徘徊在生死边缘之际，变成一只猫后经历九死一生的冒险故事，这也是一部优秀的作品。因为作者很喜欢猫，所以熟知猫的习性，这点在作品中体现得十分显著。六岁少年的内心世界与猫的性情被巧妙地关联起来。《珍妮》我已在其他地方进行过简要的叙述，因此在这里选择《托马西娜》来进行分析。

　　加利科的作品中，有相当一部分都在讨论有关疗愈现代人灵魂的问题，令我很有共鸣。只是，他对伏笔的处理，对人物关系、故事整体结构的设计都过于老到，让读者有一种钻进他设计的圈套的感觉，不由得有些抵触，不过最终还是会被故事吸引。真是令人称奇的写作能力。

　　《托马西娜》也有上述提到的类似情况，我称之为杰作。故事讲述猫的主人兽医马克杜伊先生和他的女儿玛丽·罗德之间的感情故事，其中穿插着托马西娜的独白。通过"猫的眼睛"来观察人类社会，故事的结构瞬间变得立体起来。不仅如此，托马西娜还在故事中体验了"变身"经历，使故事有了更多样的视角，令读者趣味盎然。有些地方甚至使我想起了霍夫曼的《雄猫穆尔》。

父亲和女儿

兽医马克杜伊的妻子因感染了入院治疗的鹦鹉所携带的疾病而去世，自此，他"将对妻子的情感全部寄托在女儿身上"，和女儿一起生活。他的医术颇为高明，是个信奉无神论的合理主义[1]者，世间说他"救命和取命都是一把快手"。实施救治后，一旦断定动物活不长，就会"火速拿出用来实施安乐死的浸满氯仿（麻醉剂）的小块纱布"，这招广为大家所知。

他认为"动物自身根本不成问题，是饲养者的感情给安乐死带来了障碍"。兽医的朋友，一个牧师，名叫安格斯·佩蒂，总是跟他对着干。他们在是否存在上帝的问题上持不同立场，尽管经常相互争论并且对对方冷嘲热讽，但他们一直都是朋友。或许，无神论者马克杜伊不知不觉中意识到，这位论战对手可能会在某刻成为他的救命恩人，所以尽管口下不留情，但还是与他保持着友谊。

马克杜伊负责管理附近农家的所有牲口家禽的卫生安全，因此受

---

1 指凡事依据理性、理论，注重合理性的态度。不受习惯和传统束缚，为达成目的会选择最有效的手段。

到村民的尊重，生活相当安逸，但他总是气呼呼的。加利科描绘这个活灵活现的角色，希望借此将现代人典型的问题反映出来。马克杜伊因为失去了妻子，所以失去了与世界的联系，陷入孤独之中。这有什么关系，他说，自己的事情靠自己，与一切绝缘，一个人照样能行。

　　然而，他命中注定总是处于气呼呼的状态。对于他与外界之间的唯一媒介——女儿玛丽·罗德，他倾注了一切情感，女儿却毅然向他提出断绝父女关系的要求。这是一个父亲最大的不幸。为了挽回与女儿的关系，他不惜一切代价，因此发生了一出又一出意外的——也是致命的——情况，而正是这一连串事件疗愈了他的灵魂。在生动的故事中，出现了一只猫，它掌握着父亲与女儿之间关系破坏与修复的关键。每当故事涉及灵魂的问题，经常会有动物角色的加入。

　　成年人总认为自己无所不知、无所不能，马克杜伊就是一个典型的例子。他利用现代科学知识不断治愈动物，治不好的时候就赶紧把它们处理掉。可是，女儿让他明白，在灵魂的问题上，他无能为力。社会通常认为棘手的问题，却是孩子、老人和动物轻而易举就能解决的。加利科非常好地向我们展示了这一点。

　　一天，马克杜伊看到女儿抱着宠物猫托马西娜出现在他诊所的候诊室，感到又惊讶又生气。因为自从妻子染上动物的病毒去世以后，他严格禁止女儿到诊所来。但是托马西娜身染重病就快死了，玛丽不能坐视不理。她希望父亲这个名兽医能够救救猫。

在这个时候，很不巧，盲人老者塔马斯的导盲犬因遭遇交通事故濒临死亡，被抬到医院。可怜的老人不知如何是好，已经乱了阵脚。马克杜伊为了救治被认为没有生还可能的狗，尽一切力量展开手术。他在手术间隙要求女儿回家，但她拒绝了。马克杜伊试图说服女儿，他说，挽救导盲犬就等于保住盲人的双眼，人的眼睛与"这只一文不值的猫"相比，哪个更重要？面对父亲的质问，女儿却坚决回答："托马西娜更重要！"

父亲只得退让，同意利用导盲犬手术的间隙给托马西娜看病，但要求女儿去候诊区等候。女儿接受了要求，送猫进手术室的时候对猫说："在这个世界上除了爸爸，我最喜欢的就是你啦。"

然而，兽医的诊断令人心寒，他不会诊治病猫，而是直接实施安乐死。他把事实告诉了女儿："我觉得让猫死是最好的治疗。万一治好了，它也会变成瘸子。你该和托马西娜说再见了。"女儿当然不能接受，激烈反对父亲的做法，父亲也丧失了耐心，对女儿大发雷霆。在一边的助手威利·班诺克大爷看不下去了，表示愿意照看猫，不料引来了马克杜伊的怒火。他命令他马上用麻醉剂处理掉猫，然后去参加狗的手术。其实，这段情节是以托马西娜的独白形式叙述的，听到兽医的话，托马西娜在心里想："处理掉！竟然处理我！我要被处理掉了！我的生命、我的心、请求、愿望、喜悦，以及我的存在都将结束！"玛丽的激烈反对最终失败了，托马西娜还是死了。

猫之死与女巫的出现

猫死了，玛丽因此悲叹不已，仿佛忘记了一切。她想方设法得到了猫的遗体，避免它被送去火化，却总是走不出悲伤的阴影。有一段情节非常动人，朋友们为了安慰她，聚集起来组成了一支"送葬队"，走过小镇，送猫到下葬的地方去。这使我立刻想起了《禁忌的游戏》这部电影，并且思考了"服丧"的重要功能，在此就不展开讨论了。

孩子们写下了"被无理由地杀害……"的墓志铭，把托马西娜下葬在相传住着"女巫"的山谷里。其实，所谓"女巫"不过是一位远离世俗社会独自生活的女性，她善于照顾和治疗受伤的动物，她的名字叫罗莉。罗莉完全生活在大自然之中，与科学的合理主义者马克杜伊全然不同。后者主张处理掉一切没用的东西，而罗莉则用尽全力搭救那些往往被认为无用的、不行了的负伤动物。

话说马克杜伊家这边，自从猫死去以后，女儿玛丽·罗德就再也不张口说话了。这种行为代表的"不仅仅是单纯针对一只猫死去的态度。因为对于玛丽，托马西娜比起她身边的其他任何东西都要更具人性。这也是一种爱的死亡"。对于她而言"全知全能全权全爱的"父亲也死去了，取而代之活着的"只不过是一个满脸红须、声音瘆人、臂如生铁的彪形大汉"。难怪她对父亲沉默不语。

屋漏偏逢连夜雨。马克杜伊在手术台上拼尽全力，终于奇迹般的救回了盲人塔玛斯的狗，当他上门告知老人这个好消息时，却得知塔玛斯因为受到过度打击，难忍寂寞，早已一命呜呼。马克杜伊心情沉重地回到家，也不再有女儿叫着"爸爸"来迎接他。女儿只是一意沉默着。

马克杜伊想逗女儿高兴，一个劲儿跟她说话。他解释道，猫是没有办法才杀的。再养一只猫或者狗，什么都行。然而女儿依旧对父亲的话无动于衷。终于，他的心充满了愤怒。"他气得简直想把孩子拉过来使劲摇晃"，但还是跑出去调整了情绪。

马克杜伊深爱他的女儿。而且女儿也说过，"猫是除了爸爸之外，这个世界上最喜欢的"，他觉得因为猫伤心一段时间是可以理解的，但也不是忍不过去的事。父亲认为女儿不该老和他对着干。确实不无道理。

无独有偶，我在咨询室也经历过无数次这样的情况。家长一心疼爱孩子，为孩子付出了一切，要是还有他们能做的也会在所不辞。孩子对他们的"爱"却毫不领情。究竟是为什么呢？常言道，爱是一切。那么当爱行不通的时候该如何是好呢？大部分家长叹息一声，然后由爱生恨，认为自己操碎了心却改变不了孩子是因为"孩子有问题"。加利科在这一点上描绘得非常到位。马克杜伊也是在几乎对事态绝望之后才了解到实情。他的情况与来到咨询室的多数家长如出一辙。我将稍后再揭晓答案。

因猫之死而登场的女巫罗莉又是什么人呢？猫与女巫的关联本书已经叙述得很详尽了。年轻女子罗莉一个人住在人迹罕至的森林里，很少有人去她住的地方，偶尔有羊倌或是开荒者带着在原野和树林捡到的受伤动物上门，敲响罗莉家门外一棵大栎树上挂着的钟，叫她帮忙医治。这口钟有一个名字，叫"爱之钟"。罗莉听到钟声就会出现，带动物们住进她的"医院"。她的医疗手段是真正的自然疗法，关键在于她对动物们的爱。所以说她根本不是什么女巫，只不过在现代人看来她有点奇怪罢了。

神猫贝斯特·拉

我提到过这本书的特点在于，猫托马西娜的独白被安插在情节中。我也在前文提到过马克杜伊说要"处理"猫的时候，猫的心理活动。托马西娜的嘴被麻醉剂纱布蒙住的时候，她留下了最后一句话："我，托马西娜已经不存在了。"

她死了。当我们都以为猫的独白就此结束之际，书中又出现了下列意味深长的旁白。

"我的名字叫贝斯特·拉。我是布巴斯提斯的猫的女神。"

以这句话开篇，作者详尽介绍了神猫贝斯特·拉的情况，在说明了她的神殿的伟大之后，又写道："所有的一切现在都变了。我的神殿现在是一个小小的石屋，里面只有一个女巫，名叫罗莉。（中略）我身处全然不同的世界、全然不同的时代。距离我生活在人间的时代已经过去了3914个年头。"

神猫贝斯特·拉在公元前1957年重生，如今生活在罗莉的家中，还有一个新名字，叫"塔丽塔"。这段情节跟托马西娜一定有关，让我们耐着性子继续读下去。想必本书的读者们一定很意外，在第一章出现过的埃及神猫竟然在这样的地方又出现了。我也是，当然也很佩服作者加利科的精心设计。您是否还记得，第一章的"猫的曼陀罗"图中，我既将这只神猫称为愤怒之神，又称其为疗愈之神。所以，本章正是她应该登场的时候了。

话说这只叫塔丽塔的猫，因为周遭把她当作一只普通猫而愤愤不平。但是她那神通广大的能力失灵了，所以很是无奈。这是为什么呢？因为她发挥神力的一个条件就是"人们要相信她是神，相信她拥有神奇的力量"。真是太值得玩味了。据她说，"甲虫、老鼠、鳄鱼、牛"中存在"神圣之物"。只要有人相信，神圣之物便会显灵。

现代人已经没有信仰了。故而存在于人世间的所有"神圣之物"

都失灵了。不过现代人类拥有"科学技术"这一替代品，于是不需要考虑"是否真正信仰"的问题，只要按照一定方法实践，就能够获得期望的结果，多么便利呀。因此，杰出的兽医马克杜伊也受到大家的尊重。只是他凡事总想迅速"解决"的习惯是个缺点。

尽管谁都没把神猫贝斯特·拉当成神来对待，但罗莉对她很好，她和其他动物也能够友好相处，她觉得自己可以作为猫咪"塔丽塔"在这里生活下去。然而，一个男子突然出现在了他们面前——马克杜伊来了。

自从越来越多的人听说马克杜伊的女儿不理她父亲的传言，他们就不再那么尊敬他了，去他那里为宠物和家畜求医问药的人变少了，反而都跑去找罗莉了。马克杜伊怒火中烧，一边指责罗莉这是违法的无证行医，一边找上她家门。塔丽塔看见兽医的瞬间，被难以言喻的恐惧感驱使，逃到了树上。

马克杜伊窝了一肚子火。但当他初次见到罗莉的时候，被她的"温柔"震惊了。"她不漂亮，甚至不太显眼，但待人接物、走姿、发型、手脚平滑的曲线、白皙的手臂、优雅的气质，无不显示出她的温柔。"

马克杜伊的怒气一下子消了一半，他重新调整了情绪，大声介绍道："我是兽医，这块区域的卫生官。"罗莉的反应却是出乎意料，她喜出望外，说正在救一头处于死亡边缘的野生獾，请他帮忙。兽医在罗莉的要求下前往她的"医院"，看到了那头被野狗袭击而身负重伤的野生獾。他立即习惯性地问道："有氯仿纱布吗？"罗莉坚信兽医的出现是上天为她雪中送炭，她的恳切促使兽医也不得不用尽一切办法拯救獾。现代医学与自然疗法在这里奇迹般的实现了合作。

在与罗莉一同救治动物的过程中，"马克杜伊医生不经意间被一种难以言喻的悲伤所包围。是回忆起早已遗忘的梦想、人生中那些偶然或必然发生的经历而引起的贯穿未知的灵魂深处的悲伤。"獾奇迹般的救活了。马克杜伊也奇迹般的了解了悲伤的滋味。

同时，贝斯特·拉，猫的女神也决定对马克杜伊实施惩罚。"今夜，我将根据我的意志，实施报复，要将红胡子男人弄得一团糟。我是塞克麦特·贝斯特·拉，即破坏者，我的破坏之名并非无缘无故得来。"冷酷的合理主义者马克杜伊因为接触到罗莉的温柔，开始了解悲伤的滋味，同时也将受到猛烈的破坏。

疗愈故事

作品的最后十章，可谓压轴之笔。加利科的写作能力在此得到充分发挥，可以称为是"疗愈故事"写法的模范。作品中的愤怒、悲伤、温柔、爱、欢愉、死亡的恐怖等等情感被描摹得绘声绘色，为我们展现出人生命运相互纠缠后交会成一幅瑰丽画卷的全景图。他的作品也如实体现出近来脍炙人口的"疗愈"一词背后隐藏的慑人力量，字如其义，这就是一场生死攸关的事。

提笔写作时，我总会考虑应该向读者披露多少故事情节才好的问题。如果介绍经典故事，大多数人都耳熟能详，那么我就会以此为参照来写。然而，这本作品也是名著，应该有很多人曾读过，却又不属于人们耳熟能详的。因此，我必须在讲明白情节梗概的基础上，阐述自己的想法。可是，一旦介绍过了头，会让读者失去阅读原著的兴趣。

一般而言，写这类文章最让作者高兴的一件事是知道有读者通过阅读进一步接触了原著。笔者我也对此深信不疑，因此在写这本书的过程中也不愿把原作照本宣科地搬上来。尤其是加利科，他有一些对于细节精彩绝伦的描写，实在希望读者不要错过。

言归正传，聪明的读者们想必也猜得八九不离十了，没错，神猫贝斯特·拉就是托马西娜，在此我就先卖个关子，让读者们自己去享受解读原作的乐趣吧。不过，我会把故事的大概告诉你们。

当马克杜伊得知深受心灵创伤的女儿玛丽的病情日益加重，现代医学的力量已经回天乏术之际，他想起了罗莉。他来到罗莉的家，在她的医院与她合作的过程中对她产生了恋慕之心。然而在仿佛一波止水般沉静的罗莉面前，谁敢表白？有情人相互揣测对方的心意，心中的相思日益累积，却欲言又止。

在此期间，玛丽的病情不断恶化，濒临死亡，医生认为她凶多吉少。尽管被告知余下的只能听天由命，马克杜伊却不知道自己该向谁祈祷。

愤怒之神塞克麦特的复仇计划如期展开，马克杜伊前往虐待动物的地方，卷入一场乱斗，险些丢掉性命。出乎塞克麦特意料的是，命运注定罗莉此时出现，罗莉和马克杜伊共同逃过了一劫。

马克杜伊经历九死一生之后，他的情感爆发了，他不顾一切地向罗莉提出求婚。面对直白的求爱，罗莉一时不知道该如何是好。马克杜伊当即以为自己受到拒绝，转身就走，他来到猫的墓地，看到墓志铭"被无理由地杀害……"，深感震惊。他起初觉得那是一派胡言，心中却逐渐浮现出各种思绪来。托马西娜、玛丽、罗莉，当他逐一思索这些形象，突然领悟到自己向来不顾怜悯、同情和人的同理心的活法是错误的。"他既不爱人，也不爱动物，一直只爱自己。"他发现自己是多么缺乏人性。"坟墓象征对他的嘲笑，预示玛丽的死亡。"

自以为是而自恋的男人终于落泪了，喊着："神啊，宽恕我吧！救救我吧！神啊，请帮助我！"

这句肺腑之言改变了一切。愤怒之神塞克麦特的内心平复了，释放了怨恨。此处我省略对具体情节的描述，故事高潮，濒死的玛丽被马克杜伊、罗莉、牧师佩蒂簇拥着，而被认为早就死去了的托马西娜突然回来了，少女就此起死回生。托马西娜、塔丽塔、贝斯特·拉其实是一体的。在此说明一句，塔丽塔的名字取自《圣经》马可福音第五章。已经死亡的少女经基督之手死而复生，"耶稣执儿童的手说道：'塔丽塔，酷米。'少女啊，我告诉你，起来吧。于是少女立即起身走了几步"。塔丽塔就是复活后的托马西娜。

那么，假如将故事高潮部分的情节理解为一出有关疗愈的故事，这一切最终是为谁而发生的呢？首先我们会想起马克杜伊。内心冷酷、不知什么是爱的孤独男子被疗愈了，他与世界重新建立了联系。但是仔细一想，女儿玛丽不也经历了治愈的过程吗？我们不假思索地认为故事中的某个人被另一个人疗愈，不过好好想想就会发现其实疗愈是相互的。或许疗愈的故事就是这样，当众人的命运轨迹在某一点上鬼使神差地交会在一起时，才发生了这一切。在这样的交会的焦点中有一只猫。

故事在这样的相互关系中展开，但加利科仍是以"男性视点"来进行观察和叙述。比如，托马西娜的死可以理解为少女玛丽成长过程中的一个环节，如若从玛丽的眼中观察整个故事，一定又会是另一番别开生面的景象。当然，从猫的视角出发来描写，已是绰绰有余。

十　融化人心的猫

爱抚

爱猫人士在爱抚猫的时候往往能够感受到一种特别的愉悦。有人说，爱抚这个词简直就是为猫而生的，"抚"[1]字越看越像猫，和爱猫这个词重合了。只要你摸摸猫觉得最舒服的、脖子附近的部位，它就会表现出很惬意的样子，从嗓子里发出"咕噜咕噜"的声音。渐渐地，甚至都弄不清到底是人抚摸猫，还是猫在爱抚人了，猫和人陷入了他们之间的二人世界。此时此刻，我们不禁体会到猫的魔力，还让人觉得自己仿佛被深深吸入了无底洞般的沼泽之中。

人类也属于动物，却偏不把自己当动物，一定要活出别的样子来。看看现代人的日常生活就能了解，人类生活早已远离动物天性。首先他们穿一种叫衣服的东西，他们使用工具和机器做想做的事，不

---

1 日语汉字写作"撫"。

仅如此还用语言传达思想。通过一系列手段，人类感觉自己好像征服了自然。这种错觉继续膨胀，人类开始相信他们能够支配其他同类，想让他们干什么就干什么。这么一来，不论对人也好，动物也好，物件也罢，有能力调遣大量资源的人成为了"伟人"。也有人认为，成为一个伟人，支配大量人和物就能获得幸福。

然而，出乎意料地，人类的事情却又不是那么单纯，有的人控制着一切，幸福感却很低。20世纪70年代的美国，有女性采访者前去访问一些被社会公认为成功人士的男性，他们都正值盛年、活跃在各领域。采访者尝试向他们抛出"请谈谈您每天幸福的生活"这样的问题。或许是因为采访者的女性身份使男人们放下了戒心，不少人提及自己每天如何提心吊胆、如履薄冰地生活，其实并没有感受到什么"幸福"。其中，有人称，尽管绝不会让人察觉，但事实上自己正生活在深深的不安之中。现在被社会广泛认知的"中年危机"一词就从这类现象中产生。本章不打算对此进行展开，而是想对不少作为社会中坚力量的中年人所提到的"真是不得安宁"的状态进行思考。

这类人习惯于以强与弱、支配与被支配来区分人际关系，不明白如两人相处的宁静感受、为他人献身这一类关系。当然，内心的需求会促使他们从异性关系中寻求替代，心灵就此与肉体割离，双方的亲密关系并不是灵魂的亲近。毫不夸张地说，这只会加深孤独。男女在性行为中"爱抚"对方，却不知道这到底是否称得上真正意义上的爱

156

抚，也不知道通过触摸达到心灵上的融合之类的行为到底有什么真正含义。

爱抚能够融化人的心，疲劳和芥蒂随之消散，人与人、人与世界融为一体，可谓是最幸福的一刻。不了解个中趣味的人可以说是很不幸的。另一方面，经历这一切的人就算得上幸福了吗？也不尽然。可以说这就是人生的况味了吧。

当然，现代很多人都认为挣钱多、社会地位高就是一种幸福，我认为很有必要对他们讲讲使人心融化的世界的妙趣。猫正是这种拥有融化人心的魔力的主角。

有的人，只要和其他人共处，无论对方是谁，都会感到不安，但换作猫，心情就缓和多了。然而，猫的妙处在于它自己也拥有独立的生活世界，不像狗那样"愿意付出"，不会一味地奉献忠诚，却也拥有能够融化人类心灵的特质，给人以"安宁""放心"和"忘我"的感受。

不论是猫还是其他什么都可以带来这样的体验，在人际关系中当然也一样能体验到。只不过，人是一种复杂动物，上一刻还亲密无间，一转眼就变成了全然不同的关系。上述的一切关系汇聚在一起，才得以看清人际关系的全貌，人生才丰富多彩。假如无论如何都接受不了这个现实，那么人很有可能会因为自己主观的判断，一意孤行地将自己禁锢在爱抚猫的甜蜜之中。在一系列讲述此类主题的作品中，谷崎润一郎的《猫与庄造与两个女人》（下文引用新潮文库的版本）可以算得上数一数二的杰作。本章将就该部作品作一分析。

两个女人

《猫与庄造与两个女人》这个标题看上去很平常，却又蕴含深意。三组名字的排列顺序相当讲究，一旦颠倒感觉就变了。只不过对于作者来说，猫肯定应该出现在第一位。但故事是从"两个女人"开始的。两个女人，即庄造的前妻品子向现任妻子福子寄了一封信，故事的开头部分实在设计得非常高明。

"亲爱的福子，请你原谅。这封信是借小雪的名义写的，其实并不是小雪，我这么说，你该明白我是谁了吧。"短短一个开头就透露出两人关系非同寻常。继续往下看，"我绝非向你抱怨或是诉苦。自然如果当真要讲，要比这信多出10倍、20倍才足以一一道来，事到如今，说什么都无济于事，你说是不是？呵呵呵呵呵"。读到这里大约了解了写信人的性格，她是要向福子要一只叫莉莉的猫。"当然不是跟你要人。其实想要一件很无趣、不值钱的东西……请把莉莉给我。"她还表示庄造曾说过"我跟你分手，但跟猫分不开"，如今既然把"他嫌弃的我"逐出家门，跟"他喜欢的你"结合了，那就不需要猫了吧。品子步步为营，不断使出高招。"那个人，现在没了莉莉是否依旧会若有所失呢？若果真如此，那么你跟我一样，连猫都不如啦。"

我正感叹书信内容绵里藏针之际，更为毒辣的字句赫然出现了。"千万别小看了这只猫，要不然可就连它都要看不起你了唷。"

我大段引用了信件内容，其实可以说故事的精髓都蕴含在这封信里了。关西话交织出的柔和而绵密的语气中带着强烈的恶意。互相敌对的两个女人之间并不会发生披头散发的厮打。伴随着"呵呵呵"的轻笑，一个女人希望得到一件"不值钱的东西"，她对这件"不值钱的东西"的重要性一定是了然于胸的。

信的内容触动了福子，当她看到庄造在晚酌时和莉莉嬉戏的场景时，窝在她心里的怒火爆发了。此处对于庄造和莉莉的亲昵关系的描写绝对称得上是杰作，但在本文就不作详谈了。福子露出不悦的神色，对庄造说要把猫让给品子。

"怎么啦？"庄造吃了一惊。其实，品子一直跟他要莉莉，庄造觉得事情蹊跷，就一直没有答应。拒绝归拒绝，他使出了最拿手的婉拒手腕："我呢，主要是怕福子不同意。"当然，他相信福子一定会跟他站在同一条战线上，却不曾料想福子会突然让他"把猫给品子"。他自然是不知道那封信的事情。

渐渐地，庄造被福子逼急了，也态度模糊地负隅顽抗。事与愿违，事态最后发展到"不送走莉莉，我就请辞"的地步。

品子和福子的性格正好相反。品子没读过什么书，做起事来却很认真，是个聪明女子。相对地，福子上过女子学校，却很懒散、贪玩，甚至到了不得不退学的地步。那么，庄造为什么要休掉品子，和福子结婚呢？这背后是庄造的母亲阿琳在穿针引线。庄造幼年丧父，非常依赖母亲，而且很不懂事。品子依靠典卖嫁妆、在家做些兼职活计维持家计，相当不易。能干的媳妇却不入婆婆的法眼。碰巧阿琳的侄女福子找不到婆家，她的父亲正为此犯愁。阿琳冲着福子家境富裕，手头宽裕，继承的租赁屋每月还有租金收入，就筹划将品子逐出家门，将福子迎进家门。

庄造

当母亲在张罗着给儿子换媳妇儿的时候，庄造自己又在干什么呢？他莫名其妙地配合了。话虽如此，他又不是对母亲言听计从。他一边打着自己的小算盘，一边随波逐流。他的特长是"一动不动"和"声东击西"。总而言之，不知怎么的就过得很惬意。

日本男性的某种典型特征在庄造这个人物的塑造中非常突出，让人忍俊不禁。等到钻进被窝，福子还穷追不舍，他就采取拖延战术："明天，让我考虑到明天。"不料，福子用指甲抓了他，他一生气说道："疼死了！你干什么？"却被老婆说得一时语塞："你倒好，莉莉老是挠得你到处是抓痕，我抓你就叫疼啦？"庄造被逼得走投无路，终于在最后点头同意将莉莉让给品子，但又马上要求推迟："再等一星期行不行？"

两三天后，庄造趁福子外出洗澡，喊着"妈妈"恳求母亲。"自幼养成了跟母亲撒娇的习惯，到现在这个年纪仍旧改不掉，庄造像耍赖的孩子般吹圆了鼻孔求母亲"，希望"母亲帮忙说两句好话，好让他不用兑现诺言"。

被福子指责后，庄造首先想到的是拖延到"明天"的应对策略。眼看着扛不过去了，就姑且接受了福子的要求，寻求一星期的宽限，趁机请母亲出面"说两句好话"。暂且不提庄造，他母亲也不是省油的灯。总之要先稳住福子，"再看时机，等她心情好些了不也能再把猫要回来不是"。

"庄造依赖母亲，母亲也习惯于说些哄孩子的话，像安抚儿童般对待庄造。（中略）不管到什么时候，她都控制着这个儿子。"

阿琳利用同样的手法将品子逐出家门，迎来了福子。品子在离婚后倒并不讨厌这样的庄造。"尽管庄造是个靠不住的男人，却不知为什么恨不起来。"他真是个令人操心又可悲的人，"却在这一点上有一种特别可爱之处，作为堂堂男子汉是不够格的，但如果稍微看低他一点，却又让人有一种特别柔和、温情的感觉，渐渐地就被这种感觉所俘虏，以至于动弹不得了"。所以说，庄造对于品子而言是猫一般的存在。

庄造被母亲和妻子瞧不起，被当作一个窝囊的男人，正因此，他才会和莉莉沉湎于温柔乡吧。谷崎润一郎将庄造和猫那个谁都容不下的二人天地描绘得绘声绘色。这些内容敬请欣赏原著，我的文字恐怕满足不了爱猫一族。

其实，庄造在婚前还和母亲阿琳住在同一屋檐下，那时猫曾经被送到尼崎[1]的熟人那里。过了一个月，也不知怎么的，莉莉竟然从尼崎找回芦屋[2]家里。如果是狗还好理解，对于猫却是稀奇的经历。庄造和莉莉的关系就此更加亲密了。在这时嫁进来的媳妇，不论品子或是福子，都接受不了这种情况。无论她们如何努力，都难以进入庄造和莉莉的小世界。

猫

把庄造迷得如此神魂颠倒的猫咪莉莉是何方神圣呢？

按照英国人的说法，毛色像莉莉这样的猫叫作三色猫。"全身

---

1 地名，指尼崎市，地处日本近畿地方，兵库县下属城市。
2 地名，指芦屋市，同属兵库县。

的毛呈褐色，缀有鲜明的黑色斑点，放着光泽，仿佛经过打磨的龟背一般。庄造到现在为止从没养过这样毛色纯正、惹人喜欢的猫。总体上，欧洲品种的猫肩部线条并不似日本猫那样硬朗，看起来就像在欣赏一个柳肩美人，清秀、高贵。"猫的外形漂亮，然而比起外形，庄造更被它的脾性所吸引。最初刚开始养莉莉的时候，"它还很娇小，几乎能站在手掌上，机灵古怪，仿佛七八岁的少女"。与如此一位"少女"亲昵，对于庄造来说是再有魅力不过的一件事。

"少女"莉莉很快就长大，生了小猫。"庄造一直对莉莉初次产崽时那种仿佛在渴望什么般温柔的眼神难以忘怀。"像莉莉生产时那样把它抱进抽屉的盒子里时，它就会悲伤地"喵"一声呼唤庄造。庄造就朝抽屉里看看以示回应，这时莉莉也望着他。

"畜生也有这般充满感情的眼神啊！当时庄造这样想。简直不可思议。抽屉深处的昏暗光线中闪烁着的炯炯目光已不再是那只小猫的眼睛的了，就在这一瞬间，摇身一变成了充满媚态、女人味和忧郁的雌性的眼神。"

带给庄造如此深的情感体验的莉莉，竟被他自己轻易地让给了品子。一想到这点庄造就后悔莫及。"仅仅因为福子的陷害和母亲的说教就做出退让，恨就恨那个将宝贵的朋友无情地转送他人的没用软弱的自己。"因为猫，庄造逐渐意识到自己应该更像个男人。

庄造的悔意有增无减。莉莉经历了多次生产，越发"衰老"，他后悔自己对它所经历的事情无动于衷，越琢磨越觉得自己实在是太对不起莉莉了。"他觉得自己让莉莉吃了很多'苦'。他觉得自己因为猫获得了巨大的慰藉，莉莉自身却一直过得不轻松。"

最后这段细节，与儿子对年老母亲的感情何其相似。将上述引用的情节全部拼合在一起，不难发现，庄造这个男人，在与猫咪莉莉的关系中体验了童年友谊、恋人关系、夫妻关系、母子亲情等等各种人生悲欢。相比之下，他和品子、福子、阿琳的关系就显得太肤浅了。这是为什么呢？

我们来看看庄造和品子的关系。如前所述，品子相当喜欢庄造。但在实际生活中，庄造是个不中用的人，她不得不面对婆婆的为难。她的心里自然是有怨言的，庄造却在关键时刻袖手旁观。时间一长，她开始瞧不起庄造。因此两人的关系一直没能进一步加深。与此相对，"庄造在品子流露出悲伤神情的时候表现得无动于衷，却出人意料地对莉莉的哀伤眼神感同身受"，所以说他们怎么可能相处得好呢？

现代人的日常生活是完全流于表面的。考虑到功能、效率，当然是越表面越高效。比如去买东西，比起一边聊家常、一边货比三家、讨价还价，现在的超市系统就有效率多了。但是，这样就够了吗？今后或许会产生这样的产业：人出生后一开始懂事，就有各种人生模式可供选择，当社长、当运动员、当学者等等，只要选择一种就能通过虚拟现实在短时间内体验完毕，并在人生的最高峰死去。所有一切都高效率地运行，可是人生的乐趣到哪里去了呢？

故事发展到这里出现了一只猫，所有事都不能高效进行了。用醋腌了13条竹荚鱼做成小菜，不知不觉给了猫一大半。这是谁都控制不了的事情。有意思的是，品子都碰上了。

品子做什么事都勤勤恳恳，所以莉莉不太喜爱这个人。品子得到莉莉不是因为喜欢它，而是料到忘不了莉莉的庄造会上门来，希望借此机会修复两人关系。不过事情却没有朝着她设计的方向发展。莉莉什么都不吃，绝食了，最后甚至逃跑了。

品子觉得不得已离开庄造家的自己和莉莉的身世有所相同，从心底里开始同情莉莉之际，莉莉突然回来了。此刻，品子感受到自己与莉莉超越算计的关系。品子第一次感受到了与他人毫不刻意地相处的温暖。还是猫最伟大。

母亲

文章最后一定要来聊聊在《猫与庄造与两个女人》中出场却没被写进标题的一个重要人物，她就是庄造的母亲阿琳。

故事所有情节都围绕庄造这个人的性格发生。如题所示，他被夹在猫和两个女人之间，被逼到走投无路的境地，也恰恰因此体会到了不为人知的人生滋味，这都源于庄造的生活态度。但是就像我介绍的，一切不都是因为他和母亲阿琳的关系而发生的吗？想了解庄造的生活态度，必须要分析他的母亲。

庄造在品子、福子两个女人出场后被逼到了墙角，尽管并非故意所为，但是不得不说阿琳在其中发挥了关键作用。推动故事发展的角色就是庄造的母亲。这么一来，猫又会怎么样？庄造对母亲言听计从，猫却是他自己决定领养的。然而，庄造在猫身上体会到的"融化心灵"的世界不正是母性的世界吗？这个世界联通着至高的愉悦和毁灭的黑暗。

在此我们也能够发现埃及猫女神的形象。所有的故事都顺着阿琳和莉莉的关系展开，在故事的最深处或者说顶端的是神猫。

关西方言再适合那个世界不过了。母亲的世界里蕴含着无限的柔情和温暖，同时还有对等的残酷、溶解一切的力量，关西话适合讲述这一切，谷崎润一郎将关西话运用自如。这部作品必须用关西话写。

直到最后庄造都希望依靠母亲。趁福子不在，他要求母亲让他"稍微出去"一下。或许当时他没有意识到，自己是下意识地希望见到莉莉。发觉这点的母亲想办法不让他出去。庄造故意提高嗓门："你究竟是我的妈妈，还是福子的妈妈？是谁的？"因为猫，庄造逐渐敢于跟母亲作对了。

庄造自己采取行动，向熟人借了钱，买了莉莉爱吃的鸡肉，带去品子家附近转悠，但最终没能见到。这段情节表现出猫女神的神奇之处。最初是以母亲角色出现，到后来转变为吸引庄造反抗母亲阿琳的恋人角色。

即便如此，庄造的力量依旧很弱。去看莉莉的事暴露了，他偷听到福子指责阿琳唆使，他情不自禁地跑出了家门。福子认为，阿琳明知道庄造去看莉莉却隐瞒真相是为了联合庄造一同把自己逐出家门。这与事实相差十万八千里，总之，纸包不住火，阿琳也没办法争辩什么。至于庄造，一句话都没留下就跑了。

母亲的世界里经常有很多"臆测"。语言表达越少，猜测越多。其实三位女性互相之间的猜度和暗度陈仓都精彩万分，我未作展开。犹犹豫豫之间的关系越发纠缠。说有趣当然有趣，说啰唆也啰唆。

从福子那里逃跑的庄造怎么样了？他如愿见到了莉莉，之后的情节是在高潮中迎来毁灭。具体内容请务必阅读原著，因为作为文学作品来说是相当精彩的结尾。

对故事中庄造的人生，仅用毁灭一词进行理解实在过于片面。想必作者是想表达罪恶、黑暗、破坏这些名称背后难以名状的况味吧。

暂且不管文学作品，现实生活中又是什么情况呢？假设庄造有个舅舅是心理学者，教导他"你也该从你妈妈那里独立出来才对"，庄造听从劝告努力争取独立，故事结局又会如何？那么大概要与莉莉的那个美轮美奂的世界擦肩而过了吧。可是现实生活里，并不是非此即彼这般简单，或许可以两者兼得呢，但要做到也不是容易的事啊。

十一　少女漫画中的猫

少女与猫

少女和猫在某些地方极其相似。第九章曾介绍过保罗·加利科的著作《托马西娜》，其中有下面这样一节故事。

"女孩和猫在某种意义上不能说没有相似点。小女孩有一种说不清道不明的不可思议之处，让人觉得她好像心里藏着什么秘密。当她凝视某个人时恬静而略显执拗的样子，时不时让我们这些成年人感到头疼、恼火"，而且，"不管是猫还是女孩，都不能够强行要求他们给予爱，也不能勉强他做其他一切他们不愿意做的事情"。

加利科说，少女"有一种说不清道不明的不可思议之处"。确实像他说的，说不定是人世间最难理解的存在。我甚至觉得，就连少女们本人都不一定弄得明白，说不定也在为此烦恼呢。尽管我从事的职业是关乎理解人，但实际上我尽量回避面对少女。因为即使见了面也不见得能帮得上什么忙。

就算有青春期的女孩子前来咨询，我也不接待，而是将她们介绍给那些擅长应对这类女孩的人。让她们跟比自己稍稍年长一些的同性交谈似乎比较合适。而且，这类咨询师从不"尝试理解"少女，而是一起读漫画、玩黏土、听音乐，大多玩着玩着，问题就迎刃而解了。这或许也是一种"理解"吧，不同于通过语言表达完成的可以掌握形式的交流。在共享某些难以言传的东西的过程中，自然而然地好了。

曾经觉得青春期少女的内心世界是没法记录的，然而接下来要列举的以大岛弓子[1]的《绵之国星》（白泉社出版）为代表的诸多少女漫画却将此表现得淋漓尽致，令我非常佩服。

我并非漫画一代，从不看漫画。然而，在听鹤见俊辅[2]和多田道太郎[3]交谈漫画的有趣之处时，我也不由自主地表示要看看漫画。因为据二位的观点，似乎不看漫画的人是没有资格谈论日本文化的。于是，鹤见答应回头把有意思的作品发给我，然后我便收到了一长串漫画名作的书名。我这个从没读过漫画的人努力地看了大岛弓子、萩尾望都[4]、竹

---

1 大岛弓子，1947年出生于枥木县，日本知名漫画家。代表作《绵之国星》《咕咕是只猫》。

2 鹤见俊辅（1922-2015），日本哲学家、评论家、大众文化研究者。

3 多田道太郎（1924-2007），日本学者、评论家，京都大学名誉教授。

4 萩尾望都，1949年出生于福冈县，日本漫画家。代表作《波族传奇》《托马的心脏》。

宫惠子[1]等人的少女漫画，就如前文所说的那样，我被深深地打动了。

大岛弓子的《绵之国星》的主人公是一只叫琪比的小猫。然而，小猫琪比打扮成了人的模样。她的外貌跟人一模一样，假如头上没有两只猫特有的小耳朵，或许谁都会把她误认为是人。这是因为，"琪比有两种变成人的方法，一种是从具有人类外表的普通婴儿成长为大人，另一种是猫在某一刻变身为人"，因为无论哪种情况都是由人类生的，所以她也确信自己会在未来变成人。

琪比在遭主人抛弃后差点死掉，被一个叫须和野时夫的学生捡到，于是须和野家收养了她。在她看来与其说是被收养，更像是跟他们住在一起。她听得懂人话，也通晓猫族的语言，但她说出来的话像是猫的叫声，人是听不懂的。人要根据当时的情境，推测她的意思。

这一点充分表现出青春期少女的内心。她和朋友们沟通得很顺利，却总觉得和人（成年人）之间难以沟通。总之他们互相认为对方是"异类"。这时，少女会觉得成年人很过时并且充满优越感，也会觉得虽然今后自己也要变成人（成年人），但目前还是"猫"。更有甚者，认为自己生来就是猫。听上去似乎是一个很傻的想法，不过事实上不少处于青春期的孩子认为自己不属于这个家庭，而是从别人家抱来的。这是强烈的"异类"感在起作用。

---

1 竹宫惠子，1950年出生于德岛县，日本漫画家。代表作《风与木之诗》。

尝试询问一个处于强烈"异类"感受中的少女："如果把自己比作动物，你认为自己会是什么？"或许是一件有趣的事。回答"猫"的人应该相当多，因为猫的独立性、神秘感、温柔、无情都与少女存在着共通之处。

家人

《绵之国星》一共有23部，作者原本只打算画完1部。或许是因为太受欢迎了，于是续篇不断问世。这与漱石的《我是猫》的情况很类似，值得探讨，两部作品都有着可以不断续写的结构。《绵之国星》一直延续到23部，本文最后打算聊聊到底那算不算最后一部。全篇故事互相独立，没有贯穿首尾的主线，这一点也非常符合少女的风格，并不是将某些东西累积起来，来完成一件成品。

因此，在此也不必从1到23通篇进行论述。毫不夸张地说，就算只选取1，也足以涵盖所有的要素了。第1部描述了被须和野家收养的小猫琪比是如何在整个家庭中安顿下来的。也就是说，表现的是当踏入青春期的少女突然意识到自己的"异类"身份后，是如何寻找与家人的共处方法的。

首先，是和母亲如何相处。妈妈是个对猫过敏的人，只要轻轻碰一下猫就会发高烧。这个设计真是太巧妙了。有相当一部分母亲患有"青春期过敏症"。这部分妈妈在女儿进入青春期后会态度冷淡，有时还会厌恶孩子。这是什么原因呢？因为妈妈已经完全忘却了自己在青春期的体验，而当时体验过的对于自身状况的担忧、不可捉摸的感觉，或是易怒情绪（有时候，她们也忘记了自己曾几何时放任过这些情感）在内心深处起作用，为了压抑这些情绪而抵触甚至讨厌女儿。原来的"小姑娘"要变成"女人"了，让人害怕，或许可以这样解释。有时，她们想争取做个好妈妈，却因为"过敏"反应，不知为何就是无法和女儿处好关系。

在这里父亲是配角。青春期女性会突然觉得父亲不干净，甚至产生厌恶。不过这只小猫才刚刚处于青春期的开端，而且这是一个常有心灵交流的温暖家庭。有一点很重要，就是无论何等和谐的家庭，只要有孩子迎来青春期，他就会成为群体中的"异类"。然而，猫依旧尽自己所能爱着父亲。遗憾的是，因为她是"异类"，她的心思父亲并不明白。

这家的父亲好像是个小说家。为了写东西，他十分伤脑筋，以至于到了不想活下去的地步（第6部）。琪比一心想要做点什么，却无济于事。此处有趣的是，母亲看到父亲的状况却没什么反应。妻子眼中丈夫所处的状态和青春期少女眼中父亲的状态迥然不同。从妻子的角度来看，这是"家常便饭"，从青春期少女的角度看却是"爸爸遇到大麻烦了"的事态。小猫琪比从伙伴干事猫那里学了一句能够创造奇迹的咒语"PiP·PuP·Gii"，并且对着爸爸念了咒语，爸爸却什么反应也没有。再次遇到干事猫，他告诉她："咒语不认认真真念可是没有效果的哦。"于是她使出浑身力气念出"PiP·PuP·Gii"，结果真的奏效了。爸爸的创作灵感如泉涌般出现，小猫琪比却因一不小心尿了裤子而感到不好意思。

这些段落所描绘的父女亲情十分生动。女儿使出吃奶的劲才终于让父亲感受到了自己的爱。现代的某些少女因为接受不了尿裤子这样令人羞耻的行为，所以抛弃了父亲，去和陌生男性"援助交际[1]"。事实上哪种行为更可耻呢？

和琪比最亲近的是救了她一命的时夫。小猫把时夫当作第一号恋人，决定长大成人后嫁给他。有人会问，时夫不是她的哥哥吗？这正是少女的特点，她们理想的异性最好兼具哥哥和恋人的优点，比真实的恋人更加安全，比真正的哥哥稍稍危险一些，就再合适不过了。这点会在恋人的主题中再具体讨论。

---

1 指少女为获得金钱而与男士交往约会，即"学生卖淫"。

恋人们

对于少女来说，很多情况下，哥哥等于恋人。就好比如果是少年，在多数情况下，姐姐等于恋人，妹妹等于恋人。由于有血缘关系，总让人觉得安心，但也有奇怪的心跳加速的时候。至于小猫，时夫是她的第一号恋人，后来马上出现了第二、第三号。恋人并不是唯一的，而是有很多个，这也是少女的特征。还需要一段时间她们才能知道哪一个是真命天子。

琪比跟着时夫去补习学校。因为妈妈对猫过敏，时夫一走，留在家里的猫就会让妈妈很难受。但是，时夫其实并没有去补习学校，而是逃课去了公园。在那里，遇见了"头发全部向后梳起编成麻花辫"的女学生，时夫顿时喜欢上了她。琪比发现时夫神色有点不同寻常，她心想："我还是只小猫，直觉可能还不灵敏。所以，眼前这个就是今后支配他全部的一场恋爱，这个预感是一定会落空的。"接着，她就想自己快点长成人，把时夫变成她一个人的。于是，当她许愿"快变成人！现在马上！"的瞬间，出现了一只英俊无双的公猫。

这只猫叫拉斐尔，他坚持认为"猫是不会变成人的"。对琪比来说这是一个巨大的打击，难以接受。拉斐尔为了说服她，让她看竹丛中死去的猫，让她相信猫只能以猫的样子结束一生。然而，与此同时，拉斐尔也不忘讲了一个传奇故事，是那只死去的猫以前讲述的《绵之国的梦幻传说》。在叫作蚕丝之原的国家里，有一片"能够安抚身心、飘着清香的丝之原野"，在那里等待着一个美丽的公主，叫"白野"。

在揭示了死亡和一生为猫的现实之后，拉斐尔又告诉了小猫琪比一个惊人的事实。"当我初次见到你的时候，猫的直觉告诉我，你就是我的白野公主啊。"拉斐尔确信自己的直觉，说小猫长大后"会成为一只无人能比的绝世美猫"。

少女有时候会经历这样的体验。生与死、恋爱与失恋、梦与现实一起到来，喜怒哀乐的情感一举袭来，一切都乱了套。结果，就像小猫那样离家出走。大人们很吃惊也很慌张，追问被找到的少女。"为什么要离家出走？"如果能回答得出这个问题，恐怕少女也不会离开家了吧。就这样少女被贴上了"自说自话""不可理喻"的标签。猫也好、少女也罢，自古以来就是不可思议、独立的生物。

琪比梦见和拉斐尔一同踏上了旅途，于是离开了家。但是拉斐尔不见了。小猫找遍了树丛，迷了路，遇上因为担心她而前来寻找她的妈妈，母女相拥在了一起。母亲的猫过敏就此痊愈了。小猫需要恋人，更需要妈妈。如此前所述，妈妈经常会对青春期产生过敏反应。然而，像本例这样，少女离家成为母女关系修复契机的情况不在少数。即便"恋人"是"离家"的推动者，但少女心里的"恋人"与成人心目中的"恋人"却不尽相同。

琪比此后再次离家出走,她认识了一只叫铃木的斑猫,小猫把自己的恋人们的事告诉了他。她说自己的恋人"第一是时夫,第二是拉斐尔,第三是时夫的妈妈爸爸,岳德尔猫,还有'头发全部向后梳起编成麻花辫'的女生"。铃木听后很欣赏地说:"第三种恋人真多呀。"

尽管琪比已经在时夫那里失恋了,但不必按照常理来理解她。连时夫的女朋友,那个梳麻花辫的女孩都是琪比的第三种恋人。这是为何呢?

答案在《第5部狂欢之夜》中揭晓。不知道是做梦还是清醒,在狂欢夜,如她所愿,拉斐尔们鱼贯而出,和她手拉着手绕圈跳舞。她和一个恋人以及很多恋人一起围成圈,仿佛大家"成为一体"了。简直是太美妙了。恋人是"一人中有多人、多人合为一人"的。因为少女内心中的恋人就是如此,所以"多人"涵盖了男人、女人、大人、孩子等等各类人。关键在于"多人成为一体"的体验。由于内心世界的状态是这样的,所以少女在外部世界中与"唯一的恋人"交往的情况并不多见。

伙伴

拉斐尔对小猫琪比说，"鸟和鸟""人和人""星星和星星"要各归各算。换句话说，她的伙伴必须是猫，不能是人。这跟家人是两回事。也就是说，同类们能够理解她，而家人却不能。当须和野全家去亲戚家，留下她一个人的时候，她像发了疯似的大闹了一场。这可以理解为，家人对于她是不可缺少的。然而，猫——也就是少女——还生活在家人完全不了解的天地里。她的家人们一定不知道，她的恋人里还有像岳德尔猫这样的角色。

无论家庭如何美满，都挡不住少女离家的冲动，这是少女的特征。当琪比了解到世上有一个好地方叫"波斯"时，便当即决定离家出走前往那里。当然，她是打算走着去的。对于少女来说，有时候缺乏对"距离""时间"的意识。

琪比与铃木继续着前往波斯的旅程。路上，铃木看到有人用"秘传捕鸟术"捉鸟，便突然悟到一件事情，自己到现在为止吃的食物其实都是"有生命的"。当她发现"鱼肉卷也好，鱼肉煎饼也好，调味烤鱼也好，煎饼也好"，一切都是活着的东西做的之后，就没有吃东西的胃口了。她绝食了。

在此之前，琪比离家出走，一个人踏上旅途时，曾经"欣喜地发现倒在地上的塑料桶"，狼吞虎咽地吃下从垃圾桶里翻出的食物。说不定有人要问，这种场景出现在"少女漫画"里合适吗？其实这才是少女的世界，这属于暴食症。

近来，少女阶段常见的厌食症、暴食症等病症逐渐被大众所认知。一旦得上暴食症，她们会不停地吃东西，甚至有人吃生肉。还有的人不用手、直接用嘴凑上去吃。总之，一吃起来就停不下来。青春期的孩子需要经历从一个基本成熟的"儿童"成为成年人的巨大转变。身为人所具有的从动物性到天使性的一切要素被混合、重塑。在这个关键阶段，少女体验了自己作为"动物"的本性。

然而，反过来，如果摄取食物被等同于动物行为，少女就会全面采取抗拒态度，就连自己拥有的身体也令人不愉快。普通的食物仿佛也变成了塑料桶里的残羹冷饭，随之而来的是交替出现的厌食、暴食症状。

除了离家出走、厌食、暴食之外，偷窃也是青春期特有的症状。少年群体也有同样情况。《第7部星期日的洗发》中描写了有关偷窃的故事。这都是"伙伴"教唆的。无论是从多么富裕的家庭出来的女孩，都有可能突然想要偷窃。不过，她们并不了解自己所做的事就是偷窃。就好比看到人在买鱼，认为自己也"能买"，但是没带钱，没办法买。"强盗猫"白了小猫一眼，轻而易举地偷走了一条鱼。看到这一场景，她也尝试模仿，却一个劲儿地失败，被伙伴们嘲笑"不像只猫样"。

琪比历经磨难回到须和野家，时夫发现小猫脏兮兮的，于是就用沐浴露帮她洗了澡，然后用柔顺剂把她的毛整理好。"好闻的味道，花的香味"让她舒服极了。最后的场景中，她站在雨后的柏油路上，看着水中自己的样子，觉得"一走起来，镜子一样的柏油路好像飘出了柔顺剂的香味"。

刚才所说的偷鱼事件仿佛故事里的虚假情节一般，但这就是少女的世界。和伙伴在一起的时候，和家人在一起的时候，一个人的时候，会变成不同的人，这就是少女——也就是猫这种生物。

永远的一刻

小猫琪比的恋人须和野时夫的名字代表了"重要时刻"。时间以同等的速度、同等的宽度平缓地流淌，对于某一个人来说，当遭遇"重要时刻"之际，若他不好好应对，就会产生不可挽回的结果。比如发生火灾的时候，家人突发疾病，突遇不测，等等。当然，也有积极的情况发生。比如演员意外获得替补出演重要角色的机遇，商务人士获得了千载难逢的商机，等等。然而，大家都认为如此的"重要时刻"在人生中可遇不可求。尤其是人到中年，会觉得每天都过着单调重复的生活。

青春期会出现一连串的"重要时刻"。小猫琪比每天都在体验着"重要"的感觉。话又说回来，青春期的孩子都过于在乎这些"重要时刻"，为了不让大人知道，他们会表现得面无表情，或是问什么都回答"一般般"。或者当遇到"不得了"的事情时，想让大人知道，却像小猫琪比一样，和大人们完全语言不通。

这些极其"重要"的时刻重叠在一起又会发生什么呢？其实什么也不会发生。只有在成年人的世界里，才会通过积累产生新的事物。青春期的"重要时刻"会反复发生，永远继续下去，"短暂的瞬间"成为无数个片刻。像这样，成为只有身体成长成熟的"永远的少女"。只不过遗憾的是，一般来说，在类似的少女体验的背后，是随着时间的流逝而转变为成人的过程。从青春期到青年阶段，这两股力量时常发生角力，最终引领多数人走向成熟。

但是，就好像猫终究是猫，没法成长为人一样，漫画主人公小猫琪比也不会成为大人。这样就好。小猫可以永远当小猫，也可以随时不做小猫。在大家都以为过去了的时候，过了十年、二十年后，突然小猫又出现也说不定。我深深认同这一点。我觉得，故事到《第22部沉睡之国》就应该要完结了。

"沉睡之国"的故事很令人恐惧。小猫琪比直面了疾病、死亡等不可抗力。琪比大胆地接近因感染犬瘟热被主人遗弃的"病猫"。琪比的伙伴野猫们严肃地提醒她，靠近了病猫连自己都会感染病毒死掉的，琪比却毫无畏惧之色。

野猫们有的感到害怕，有的很悲伤，为病猫和琪比各准备了一个葬礼花圈。看到这些情景，或许读者会和野猫们有同样的看法，故事应该快要接近尾声了。然而出乎意料的是，琪比并没有死掉，因为她曾经接受注射过犬瘟热疫苗。

但后来发生了恐怖的事。病猫梦见自己来到一个放有自己所居住的社区模型的地方，边上还放着一个用来玩打鼹鼠游戏的槌子。他用槌子砰砰地敲击模型，震动就立刻传到了现实世界里。

首先，他锤下去时不小心把烤箱碰落了，于是他原来主人的家里发生了一模一样的事，烤箱掉在了主人的头顶。主人大为光火，骂妻子没把烤箱摆放好，这对夫妻正吵着架，病猫用槌子敲了模型里出现的妻子，引发了现实世界里夫妇俩的扭打，他们越吵越凶了。

真是大事不好。这家人的命运被他们家的猫控制了。这一槌子不仅打乱了夫妇的和平关系，病猫闹着玩的游戏最终破坏了整个社区。认为这个故事荒谬的人不妨回忆一下，是否曾有过因一个少年的"恶作剧"而引发的他居住的地方、甚至全国上下的震动。千万别小看了孩子或是猫，也请务必不要轻视猫和少女潜藏的破坏力。

当了解了青春期的猫身上的力量之后，我推测故事也要告一段落了。但作者又画了"完结篇"，《第23部在茶花树下》。故事里，令我们都感到意外的是，时夫又收养了一只病猫，并把猫带回了家，出现在了小猫琪比的世界里。病猫被叫作点茶，深受大家宠爱，却趁人不备干了坏事，还把罪名全部推给了琪比。琪比拼命辩解，可谁都听不懂，她陷入了绝望之中。后来故事出现了转机，点茶被别家领养，事情也就平息了。对本部作品，胁明子[1]女士写下过明快的解读（参见《绵之国星4》，白泉社文库，解说）。点茶就是读者心目中可爱纯真的主人小猫公琪比的"另一个自我"。如果确实如此，那么"无论怎么沟通都不被人理解的小猫琪比的叹息，或许也正是作者大岛自身对于自己真正想表达却言不由衷的现实的无奈感叹吧"。

　　漱石突然感到厌倦，为了结束《我是猫》而把主人公杀死了。大岛因为点茶的突然出现，为这个或许会永久继续下去的故事画上了句号。结束一个故事可真不简单。

---

1 胁明子，日本翻译家、学者，主要研究领域为英国幻想文学。

十二　雌猫

《猫魂》迎来了最终的篇章。有关猫的名作不胜枚举，我打算暂且先写到这里为止。

第一章介绍了有关猫的整体情况。之后首先讨论的作品是《雄猫穆尔》。以"雄猫"开篇，这次将以"雌猫"结束，首尾呼应，我觉得很有趣味。

科莱特与猫

本章选取法国作家西多妮·加布里埃尔·科莱特的《雌猫》（工藤庸子译，岩波文库出版）进行讨论。科莱特是在20世纪法国文坛享誉"女王"称号的人，1954年去世，是法国历史上首位获得国葬待遇的女性。像这样一位大家描写的猫的姿态应该是独具深意的，在以猫为主题的文学作品中称得上名作之冠的，也是作为本书收尾作品不二的佳作。并且请大家注意，在前文曾经讨论过的日本文豪谷崎润一郎的作品《猫与庄造与两个女人》和本小说同样都提到了被猫偷了魂的男性角色。本章也将简略谈论，将两者进行具体比较应该能够获得有意思的结果。

先根据《雌猫》中工藤庸子的讲解，对作家科莱特做简短的介绍。她一辈子过得多彩而充满波折，结了三次婚，曾与继子有过一段热烈的感情。她当过音乐厅的舞者，也演过哑剧，还出演过自己的作品的舞台剧。她在作品里谈论过同性恋话题，自己也是同性恋者。工藤庸子下面的一段话很好地概括出科莱特的本质。

"科莱特成长在19世纪维多利亚时代的氛围中，偏爱阅读乔治·桑的精神主义风格恋爱小说。她的生长背景使她能够正视自己的身体，也是第一个愿意倾听身体想法的作家。"

"愿意倾听身体想法"的科莱特，似乎天生也应该是爱猫的。本书中列举了众多例子，证实了猫具有通过身体进行表达的天赋。工藤庸子在《雌猫》的讲解中引用了科莱特55岁时的文章。

"我们不可能同时爱动物和人。我越来越觉得我的女伴们都在变成可疑的女人。问题是，假如她们是我真正的伙伴，又怎么会显得可疑呢……"（《黎明》）

"我不打算和任何人结婚，只是，有时想和一只巨大的雌猫结

婚。"（出处同上）

据说，在动物园，只要她来到栏边，猛兽（大概是猫科动物吧）就会安静下来，看着她，表现出着迷的样子。"并非是科莱特喜爱动物，而是因为她与动物世界产生了共鸣"，这个说法可以说准确把握了她的本质。讲解的配图是"科莱特和猫"，照片里的科莱特的脸竟然看上去也跟猫有几分神似了。

看到文中"可疑"等词汇，我觉得用来形容谷崎润一郎的"庄造"再合适不过了。庄造的可疑之处在小说中表现得淋漓尽致。人一旦迷上了某件东西，就会变得"可疑"。那么，《雌猫》中另一个与猫有着割舍不断的感情的男人阿兰，他的故事是怎么样的呢?

男人与女人

《雌猫》中的主角是24岁的青年阿兰和19岁的女子卡米尔。按照当时的习俗，他们都到了谈婚论嫁的年龄。故事先讲述了婚礼前一周两人的情况，接着讲述了新婚生活。他们过着中产阶级的富裕生活，婚事获得了双方家人的祝福，这对青梅竹马的恋人组成的家庭应该是幸福美满的，事实上也确实幸福美满，然而好景不长。大家一定好奇导致婚姻走向完结的原因，其实关键在于一只雌猫。

阿兰是经营丝绸生意的恩帕拉公司的继承人，父亲去世后，和母亲一同居住在一所有庭院的豪宅里。房子大得简直称得上是一个"王国"，他清晰记得，母亲曾说过："要不了二十年，谁都住不起这么大的房子、负担不起这么大的园子了。"他无比热爱这座庭院。还有一只雌猫，叫萨阿，和他住在同一屋檐下。

阿兰叫萨阿这只"体形娇小而完美的沙特尔纯种猫"的时候，会用长长一句话来赞美它，"面颊鼓鼓的小熊……美丽、美丽、美丽的小母猫……青色的小鸽子……珍珠色的小魔鬼……"，猫也对此心领神会。阿兰关了灯，躺在床上准备休息时，它就会走到他身边，"开始轻轻地用脚踩这个密友的胸脯。踩一次，就伸出一只脚爪，透过真丝睡衣，灵巧地抓着他，让他能够感受到一种紧张的快感"。这简直像是恋人和青年夫妇的关系。

阿兰和萨阿的关系虽然亲密，然而猫是猫，人是人。他找到了一个优秀的恋人，或者说是一起长大的伙伴，后来订了婚，还有一星期就要结婚了。阿兰也好，恋人卡米尔也好，都沉浸在幸福之中。卡米尔是个怎么样的女性呢？在此介绍一下。

"身着白衣的她，剪着一头整齐的黑发，遮住两侧鬓角，在脖子上围着一条小小的红围巾，唇上点着同种颜色的唇膏。妆容朴素，却很精致，仔细看才会发现她很年轻，黄色系的妆容透出白皙的面颊，接近黑色的大眼睛，边上打着黄色系的粉底，眼睑上没有一条皱纹。

左手戴着崭新的钻石戒指，反射出彩虹般的光芒。"

　　看到未婚妻这身打扮，难怪"阿兰愉悦得心中一阵激动，一瞬间红了脸，目光再也不能从卡米尔身上移开了"。其实，阿兰也是个金发俊美的青年。像这类美男美女的结合，往往容易抛开一切现实问题，不过他们俩可没那么大意。

　　阿兰是恩帕拉公司的继承人，住在豪华的宅邸里，这已经在前文介绍过。卡米尔家是生产甩干机的马尔梅尔公司，相比恩帕拉公司经营的真丝生意每况愈下，马尔梅尔公司搭上了新式洗衣机畅销的顺风车，生意扶摇直上。对此，阿兰的母亲认为是把一个"跟我们家的想法完全不同的姑娘"娶进了家门。言下之意，尽管这个姑娘并不完全门当户对，也配不上家中这么大的庭院，但她看上了他们家生意兴旺这一点。与此同时，卡米尔家里谈论恩帕拉公司时认为"恩帕拉的真丝生意很不顺利，妈妈和儿子只不过拥有公司的收益权，儿子并非当社长的合适人选……"，他们的语气中略带轻蔑，但是，心中无论如何都不舍放弃那栋宅邸。也就是说，阿兰和卡米尔都认清了现实，对彼此的长处和缺点心知肚明，相互认为联姻百利而无一害。

　　新婚夫妇原来计划住在阿兰家的豪宅内新造的房子里，因为工期延迟，只好先借住在了卡米尔正在国外的朋友帕特里克位于高层住宅十楼的家里。他们预计帕特里克回国前新居能够竣工。

　　另外，在婚礼前，他们还获得了一辆非常时尚的敞篷跑车。婚后，他们希望开着跑车到处走走，尤其是卡米尔，简直都等不及了。

这样一来，幸福的新婚生活的一切都准备齐全了，接下来就看新婚之夜两人如何度过了。阿兰怀着期待与不安的心情迎接这一切。新婚的第二天早晨，阿兰觉得"总之最艰难的关口已经渡过，留下了一些遗憾，感觉筋疲力尽，初夜是否都这样呢？一半感觉很顺利，一半感觉很不堪"。总之过程很顺利。

一切都那么顺利地进行着，然而这个男人和女人最终却难以继续走下去。曾经提到是猫掌握了关键，其实，这如实反映了现代男女关系的困境。这里所提到的问题适用于所有的男性女性，猫的出现进一步凸显了这一点。很多夫妻，因为没有猫，所以永远不明白哪里出了问题，怀着心中的不平和不满过着看上去和平的生活。

被分离的东西

初夜的第二天早晨，阿兰睁开眼睛发现卡米尔正光着身子来回走动，这令他很吃惊。定了定神，两人坐下来用早餐，聊到一半，卡米尔说："亲爱的，你在找什么？"阿兰含糊地说："不不，没什么……"其实他是闻到了咖啡香味，下意识地在找萨阿。不光是这样，阿兰在爱抚卡米尔的时候，"下意识对卡米尔用了'对萨阿'的爱抚，甚至轻轻地立起指甲，抓了她的腹部"。卡米尔惊起了一身鸡皮疙瘩，怀疑阿兰是个变态。当然，根本没这回事，她舒了一口气，只是阿兰当时的状态比"变态"有过之无不及。

阿兰无论如何都难以适应居住在十层楼远离地面的生活。比起和新婚妻子住在可以眺望远处的房子里，他宁可回到自己的"庭院"里。他叹息道："住在空中真是太难受了，啊！"他怀念着自己的"庭院"，"树枝下面真是太好了……那里看得见小鸟的肚子……"。他还梦见在庭院里和猫咪玩耍的场景。阿兰被迫与土地和猫分离，万分孤独。然而，卡米尔根本不曾考虑过这一切。她坚信他和她在一起是幸福的。想来也是，新婚燕尔，借住在娇妻朋友的房子里，他们的新居尚处于建造中，竣工在即，而且还顺利共享了初夜的体验，一切都那么顺利。但是，她深信为幸福，对于阿兰来说只是沉重的负担。

阿兰以看"新居工地"为借口，回了自己家。"他仿佛离家彻夜不归的少年般，偷偷摸摸来到了庭院里。洒过水的腐殖土的浓烈气味，高价的大朵花朵的肥料中散发出的臭味，被轻风吹拂落下的水滴，他将这一切呼吸进身体里，发现自己心中怀着一股失落，真希望有人能来安慰自己。"

当然，他立刻呼唤了爱猫，萨阿也立刻出现了。"然而，往常会像发了疯似的拼命连头带尾往阿兰手心里钻的萨阿，这次却只闻了闻他的手，就后退了一步。"阿兰不再是原来的阿兰了。

然而，萨阿也有变化。据母亲说，萨阿绝食了，连牛奶也不喝。这让人立刻联想起了《猫与庄造与两个女人》中被迫和庄造分开的猫咪莉莉，它在品子家也是粒米未进。被男性宠爱的猫的态度，似乎不论东西方都有异曲同工之处。男人和猫分开了就活不下去了。

阿兰和卡米尔经常去看工程的进度。也就是说，尽管阿兰常常遇见萨阿，萨阿却在不断地老去。阿兰因此做出决定，要把萨阿带到他们在十楼的住处。他们再次住到了一起。但这同样意味着萨阿被迫和土地分离了。不仅有这种分离，因为萨阿的出现，阿兰和卡米尔也走向了分离。

为什么会这样呢？想要寻找年轻情侣的关系进展受阻的"原因"的人，会很快找到线索。比如，很多人大概会觉得会有如此结果是因为阿兰有恋母情结。译者工藤庸子的"讲解"中指出，作者笔下的母亲形象十分出彩。阿兰结婚前，只写她的"手"，或者是声音，也就是说她存在于整个场景之中，环绕着阿兰。阿兰婚后，她作为一个人出现了，与他面对面交谈。不愧是西方的母子，对话既显示出双方互相认同对方的人格，也显示出两个人不独立的深层次状态。也就是说阿兰还没能脱离母亲的控制。

阿兰和庄造的形象仿佛在此重合了。当然，阿兰和庄造两人的态度还是很不同的。庄造总是一副靠不住的样子，阿兰对任何事物都显示出敌对的态度，但其实本质是一样的，任何一方都未能从母亲那里独立。可以理解为他们都有恋母情结。

远离土地的高层建筑，远离大自然的文明生活，远离心灵的身体，当我们使用这些语句时，都怀着否定的态度。与之相对，只有与母亲的分离被视作"独立"，这不是自相矛盾了吗？这个问题真是十分深刻。土地、身体等都是"母性物质"。仅用恋母这个内涵单一的词来理解和论述男女关系，是不是恰当呢？

非人的男女

萨阿努力地适应与此之前有天壤之别的新环境。卡米尔感叹地说："真的，我没想到猫能这么快适应新的环境……"其实，她适应猫要远远困难得多。

猫来了之后，阿兰和卡米尔的感情逐渐产生了裂痕。阿兰开始认真考虑"怎么样才能不让卡米尔住在我的家里"。无独有偶，他偶然间听到"家"里的佣人们口中关于卡米尔不适合住他们家的传言，认为她在某些方面欠缺对别人的考虑。阿兰终于告诉母亲，自己不愿意让卡米尔住在这座有庭院的房子里。母亲嘴上不说，心里却很赞成。

他一回到家，就传来了卡米尔的厉声呵斥："这个讨人厌的肮脏畜生！去死吧！真是的！"卡米尔突然发现阿兰在场，显出狼狈的神情，辩解说是在骂台阶下乱叫的狗，可事实怎样谁都看在眼里。

放下不愉快，二人外出前往郊外的高级餐厅共进晚餐时，阿兰"摆出一副很自豪的样子"。周围的人的视线都投向了美丽的卡米尔。"他和爱妻互相微笑着、点头示意，表现出'完美情侣'的样子。"

那天夜里，二人不得不讨论萨阿的事情。阿兰说："萨阿对我是无与伦比的，你对我们吃醋，简直就像是看到我和童年好友交情笃厚而生气一样……"他还说："你总是妨碍我喜欢动物。"但是，阿兰的这些话也不过是赤裸裸的争辩而已。

分手不可避免地降临了。卡米尔从十楼阳台把萨阿推了下去。但是，萨阿奇迹般的存活了下来。三楼的遮阳棚缓冲了下落的力量，使它安然着地。阿兰抱起从十楼摔下的萨阿，以为"是因为猫被家养后失去了野性"，但我从萨阿对卡米尔的恐惧中悟到了一切。

阿兰和庄造不一样，他很有原则。他说："那么，我就出去吧。"把萨阿装进笼子，郑重其事地留下一句"我们走了"，然后离开了家。他们的目的地是有"庭院"的家。到了家，他立刻把萨阿放出笼子，说："萨阿，这是我们的园子……"

对于儿子深夜的造访，母亲并未表示出惊讶。她还说："你的床上已经铺好床单了。"母亲就是母亲。

第二天，卡米尔来找阿兰。他们的沟通朝着不好的方向发展。阿兰终于说出了决绝的话："你太没人性了……我跟没人性的家伙过不到

198

一起去……"卡米尔试图杀死"无辜的小生命，最棒的、最完美的梦一般青色的、小小的灵魂"，怎么看都"没人性"。

卡米尔毫无保留地反击。"不就是只动物嘛！"她说。她不理解，为何要为一只动物牺牲妻子。

"是你，没人性的家伙。"卡米尔也放了狠话。阿兰对此也难以理解。卡米尔继续争辩道："没错，就是你。"又说，"遗憾的是，我也说不清这是为什么。"卡米尔想要杀害纯真的动物，叫这样的人"没人性"顺理成章。但是，当卡米尔直截了当地回敬阿兰以同样的话语时，却一时说不清楚原因。即便如此，她还是奋起抗争："除掉麻烦和折磨自己的东西，对于女人来说天经地义，这是再正常不过的。"一句话说起来，阿兰和卡米尔都"没人性"。

身体·心·灵魂

阿兰和卡米尔互相称对方"没人性"，这下这段夫妻关系恐怕是好景不长了。现代社会的夫妻，把另一半叫成"没人性"，或是心里这么想的人恐怕并不少见。美国的离婚率高，可能就是因为很多男女把对方认定为"没人性"的家伙了。日本的离婚率低于美国，但也在攀升。

有什么办法可以解决阿兰和卡米尔的危机吗？我提到过恋母情结

论，也说过，事情应该远远没那么简单。那么到底怎么看待这个问题呢？科莱特的看法如下。

在阿兰和卡米尔围绕萨阿的口角中，不难看出阿兰确实是爱萨阿的，他说："萨阿不是你的情敌。"接着又出现了这样一段话："他突然打住，眯起眼睛，仿佛是要守住某个秘密。那是个有关纯洁的秘密。"科莱特在这里提到了"纯洁的东西"的秘密。

她所说的"纯洁的东西"在我看来应该类似于"灵魂"。阿兰把萨阿唤作"小小的灵魂"。谁都不知道世上到底是否存在灵魂，所以没办法对"灵魂"做出明确的指示。但是，把人心和身体分隔开，再合起来，是回不到原来的人的形态的。这时，保持心灵和身体的整体性、使一个生命存在于世间的东西就叫灵魂。阿兰和卡米尔的肉体默契地结合了，他们的心从任何一方面来看也都应该顺利结合。但是他们遗忘了"灵魂"。阿兰没了萨阿这个灵魂的实体就活不下去，嫉妒这一点的卡米尔被当作"没人性"的人。她下意识地认为阿兰也"不是人"，却说不出个所以然。因为她不懂得如何将灵魂的问题带入讨论。

现代的特点是否认灵魂的存在，将事物明确区分开进行思考。心和身体也被区分开，精神和物质也受到了区别对待。现代社会因为这种区别获得了前所未有的繁荣。卡米尔家的马尔梅尔公司生产的洗衣机就是一种象征，洗衣机能够去除一切污垢和暧昧。与此相对，经营像真丝这类隐约与灵魂相关的商品的恩帕拉公司却走向没落。近代的洗衣机将一切洗"干净"，把纯洁的灵魂也洗得不知去向了。

科莱特或许是忍受不了这种现代社会了吧。她"想和猫结婚"的表达体现了这一点。还有和继子的恋爱、同性恋，从她的这些行为中，不难发现她正努力探寻灵魂的关联。请务必不要忘记，当她所说的"纯洁的东西"出现在世界上时，大众往往会有所抗拒或是看不起。

现代的"没人性"根本算不上什么可耻的事。一般最会被耻笑的是"没钱"。看到社会上那些没人性却有财力的人受到尊敬、出人头地就不难理解了。阿兰也好，庄造也罢，都成不了受人"尊敬"的对象，甚至只算得上"不可理喻"。

这里有一桩奇事。阿兰把萨阿看作灵魂的体现。但是他完全忽略了卡米尔这个拥有灵魂的活生生的人。这真是太难以理解了，却也是常有的事。不少人对着一只外形奇特的壶或是茶碗都能感受到灵魂的存在，却无法感受到家里的任何人身上的灵魂。

灵魂无处不在。它到底是什么样的，无人知晓。因此，人类通过将某一件事物的一部分看作灵魂的体现，来努力得到"活着"的支点。但是，一旦要与他人共同生活下去，就必须尝试超越灵魂。比如卡米尔和阿兰一起宠爱萨阿，或是阿兰肯定卡米尔拥有的灵魂，无论何种情况，维系二人关系的方法必定需要他们全力以赴。

不知为何，猫时常被当作人类灵魂的体现。爱猫的人，不妨偶尔透过猫，向它身后的灵魂伸出想象的翅膀。

跋

这本小书是根据此前分十二期刊载于《新潮》[1]的专栏"猫魂"进行增删润色后推出的。

新潮出版社有一群与我趣味相投的编辑，把酒言欢之间他们向我提起能否抓住什么能够表现"灵魂"的东西，以此为主题写一个连载专栏。这可难倒了我，选"什么"为主题呢？以前我曾有意围绕"灵魂的载体"，以"火""石""蛇"等一字汉字为题，每题写一本出一套丛书。为此，需要动用物语小说、绘画、梦境、沙盘疗法等等诸多素材资源，而"猫"是其中写起来相对简单的，运用物语、小说等材料就能成文。

尽管其实几乎世间万物都是"灵魂的载体"，但作为主题，可能就非能在故事中担当主人公的"猫"莫属了。除猫之外，想要以"狗魂""狐魂"这样的主题写作，恐怕坚持不到十二回就要结束连载了。而且，它们也不像猫的个性那样多种多样。

决定写猫之后，编辑向我推荐了不少相关素材，我自己手头也

---

1 日本纯文学月刊，创刊于1904年，由新潮社出版。

还有不少。说实在的，只给我十二次的篇幅还有些意犹未尽呢。本书中的选材的主要标准是能体现猫的多面性，以及我对材料的熟悉度。其实，我觉得我还能接着写《续猫魂》，甚至《再续猫魂》。再怎么说，猫也是在《我是猫》中的主要登场人物啊。

希望读者们有机会能够去把书里提到的作品的原著找来读一读，听说其中的不少已经成为"绝版"，不太容易入手了，很是遗憾。尽管"猫的事务所"[1]已经关门大吉，但还是希望有人开一家"猫的书店"，店员全部由猫担当，只卖与猫有关的书籍。

世间有人被称为"爱猫一族"。比如本书中提到的"庄造"就算是他们中的模范榜样吧。因为怕引起大家的误会，所以我特地在此声明，本人并非"爱猫一族"，也不是"爱狗一族"。我是为了写"灵魂"，才找了猫这个载体。

尽管我不爱猫，甚至可以说是毫不关心猫的事情，但猫儿们似乎还是挺喜欢我的，每次拜访有猫的家庭，猫儿都会主动与我亲近。入门随俗，我也不能冷落了小猫，所以每当这种时候，尽管心里觉得别扭，我也会很配合猫儿们。更奇怪的是，猫竟然还放心地在我的膝上睡着了。我这样算不算得上"猫骗子"呢？

因为本次只谈了物语和小说等内容中的猫，并没有涉及出现在心理治疗现场、梦境中和沙盘疗法中的猫。而我其实最先是通过后者了

---

1 出自于宫泽贤治童话《猫的事务所》。

解到猫的魅力的，很遗憾这次未能展开。另一方面，假如提到这些，就会关乎当事人的隐私，所以也是个不易处理的主题。

撰写专栏真是个有趣的过程，每当我感到自己来不及完稿或是思路枯竭的时候，总能在编辑的指引下绝处逢生。十二期连载中没有开过一次天窗，令人欣慰。这必须归功于新潮社编辑部的宫边尚先生和故事里的猫兄猫弟。借这个机会，我表示由衷的感谢。每当编辑或多或少称赞我写得好，或是表示稿子很有趣时，我都会燃起继续努力的热情。

本书付梓之际，得到了新潮社出版部的横山正治先生、寺岛哲也先生的大力协助。在此与前面提到的宫边先生一并表示谢意。

参考文献一览

1.《雄猫穆尔的生活观附出自废纸堆的乐队指挥约翰内斯·克赖斯勒的传记断片》，E.T.A.霍夫曼著，秋山六郎兵卫译，岩波文库

2.《非洲的神话世界》，山口昌男著，岩波新书

3.《猫的航海日志》，寺山修司著，新书馆

4.《猫和老鼠交朋友》，格林著

5.《源氏物语 若菜》

6.《穿靴子的猫》，路德维希·蒂克著，大畑末吉译，岩波文库

7.《飞天猫》《回家的飞天猫》和《了不起的亚历山大和飞天猫们》，厄休拉·勒·奎恩著，村上春树译，S.D.辛德勒插图，讲谈社

8.《日本传说故事》I、II、III，关敬吾编，岩波文库

9.《日本传说故事大全》（全12卷）（参考了第2卷和第6卷），关敬吾编，角川书店

10.《给小学生上课》，河合隼雄、梅原猛编著，小学馆文库

11.《宫泽贤治童话集〈风与山猫〉》（*WIND AND WILDCAT PLACES*），佐藤荣二著，《四次元》（202号）

12.《大提琴手高修》《猫的事务所》出自《新编银河铁道之夜》，宫泽贤治著，新潮文库

13.《要求繁多的餐馆》《橡子与山猫》出自《要求繁多的餐馆》，宫泽贤治著，新潮文库

14.《猫的秘密生活》，弗莱德·格廷斯著，松田幸雄、鹤田文译，青土社

15.《日本的神话与传说》，哈德兰·戴维斯著

16.《锅岛猫妖骚动》，出自《讲谈全集》，大日本雄辩会讲谈社，昭和30年出版

17.《淘金热》，柳美里著，新潮社

18.《黑猫·黄金虫》，埃德加·爱伦·坡著，佐佐木直次郎译，新潮文库

19.《喜欢看画的猫》，西卷茅子著，童心社

20.《活了100万次的猫》，佐野洋子著，讲谈社

21.《100万只猫》，婉达·盖格文、图，石井桃子译，福音馆书店

22.《猫与恶魔》，詹姆斯·乔伊斯文、杰拉德·罗斯绘、丸谷才一译，小学馆

23.《小猫皮皮》，汉斯·费舍尔文、图，石井桃子译，岩波书店

24.《请进，深夜的黑猫》，简妮·魏格娜文，朗·布鲁克斯绘，大冈信译，岩波书店

25.《打滚的喵》，长新太著，福音馆书店

26.《托马西娜》，保罗·加利科著，矢川澄子译，角川文库

27.《珍妮》，保罗·加利科著，矢川澄子译，新潮文库

28.《猫与庄造与两个女人》，谷崎润一郎著，新潮文库

29.《绵之国星》，大岛弓子著，白泉社

30.《雌猫》，西多妮·加布里埃尔·科莱特著，工藤庸子译，岩波文库

31.《文学中的猫的故事》，御茶水文学研究会，集英社

32.《猫 日本名随笔3》，阿部昭编，作品社

33.《猫的历史和奇谈》，平岩米吉著，筑地书馆

34.《围着猫转的世界》，日高敏隆著，小学馆图书馆

35.《猫语教科书》，保罗·加利科著，斯赞努·萨斯摄影，灰岛嘉里译，筑摩书房

英文引用文献

1.《猫、狗、马》，芭芭拉·汉娜，凯龙出版社，威拉米特河，伊利诺斯

2.《典型的猫》，帕特里夏·黛尔-格林，斯普林出版社，达拉斯，得克萨斯

读客激发个人成长

多年以来，千千万万有经验的读者，都会定期查看熊猫君家的最新书目，挑选满足自己成长需求的新书。

读客图书以"激发个人成长"为使命，在以下三个方面为您精选优质图书：

1. 精神成长

熊猫君家精彩绝伦的小说文库和人文类图书，帮助你成为永远充满梦想、勇气和爱的人！

2. 知识结构成长

熊猫君家的历史类、社科类图书，帮助你了解从宇宙诞生、文明演变直至今日世界之形成的方方面面。

3. 工作技能成长

熊猫君家的经管类、家教类图书，指引你更好地工作、更有效率地生活，减少人生中的烦恼。

每一本读客图书都轻松好读，精彩绝伦，充满无穷阅读乐趣！

认准读客熊猫

读客所有图书，在书脊、腰封、封底和前勒口都有"**读客熊猫**"标志。

两步帮你快速找到读客图书

1. 找读客熊猫君

2. 找黑白格子

马上扫二维码，关注**"熊猫君"**

和千万读者一起成长吧！